사회적응 거부선언

파도문고

사회적응 거부선언

학살의 시대를 사는 법

이하루 지음

정직하게 걷는 길은 어디에 이르는가

1년 전 처음 인사를 나누었을 때 하루는 〈Planet A〉의 감독이었다. 〈Planet A〉는 장애인, 난민, 성노동자 등의 인간 동물과, 소, 돼지, 닭 등의 비인간 동물들에게 가해진 폭력을 고발하고 이에 맞서 싸우는 이들의 모습을 뮤직비디오 형식으로 담은 작품이다. 그는 이 작품에 내 발언 영상을 짧게 넣고 싶다고 했다. 당시 외국인 보호소에서 자행된 고문을 규탄하는 기자회견 자리에서 행한 발언이었다. 나는 인간수용시설로서 외국인 보호소와 장애인 시설에서 자행된 감금과 폭력이 어떻게 연결되어 있는지를 언급했다.

하루는 내 발언을 전체 열다섯 가지 이야기를 연결하는 고리들 중 하나로 삼았다. 그는 내가 아는 것보다 훨씬 더 많은 이야기들이 서로 연결되어 있음을 알고 있었다. 그는 정말로 많은 것을 보았고 그만큼 많이 아파했던 것 같다. 자신은 많은 일을 겪었기에 좀처럼 울지 않는다면서도 곧잘 눈물을 글썽였다. 그가 어디까지 가서 무엇을 보았는지 알 수 없었던 나는 고개를 끄덕이면서도 그의 절박성에 닿지는 못했다.

어느 날 하루는 내가 있는 '읽기의 집'을 찾아와 글을 쓰기 시작했다. 여행기 같은 글이라고 했다. 6년 가까이 여기저기 다녔다고. 처음에는 배낭여행 같은 건가 싶었다. 그러나 그가 파편적으로 들려준 이야기들은 내가 아는 여행과 너무 달랐다. 단어들부터 낯설었다. 나는 그에게 식당이나 마트의 쓰레기통에서 식자재를 구하는 덤스터 다이빙에 대해 들었고, 도시 문명을 떠나 돈이나 전자기기 없이 숲속에서 한 달을 지내는 레인보우 개더링에 대해 들었다. 또 숲이나 바닷가, 공원에서 침낭을 깔거나 해먹을 걸고 그냥 잤다는 이야기도 들었고, 집안일을 해주거나 베이비시터를 하면서 숙식을 해결했다는 이야기도 들었다. 여권을 빼앗긴 채 수용시설에 갇혀 지낸 이야기도 들었고, 미국 어딘가 있다는 거대한 도살장을 찾아간 이야기도 들었다. 본격적인 이야기는 아니었고 밥을 먹거나 산책을 하다가 우연히 흘러나온 파편들이었다. 이 파편들이 어떻게 연결되는지를 모르는 나는 이것들을 제멋대로 끼워 맞추고는 집시나 히피의 정처 없는 방랑기 같은 것을 떠올렸다.

그리고 마침내 그가 완성한 원고를 읽었다. 시작하는 문장이 긴장을 불러일으켰다. 알 수 없는 상처를 지닌 문장이었다. 그는 출국 이틀 전에 엄마에게 통보하고 다시는 한국에 돌아오지 않을 생각이었다고 썼다. 무슨 일이 있었던 건가. 불안한 마음으로 따라가는 여정. 그러나 믿기지 않을 만큼 그는 씩씩하게 방랑자의 삶을 살아냈다. 돈 없이 살아가는 기술들을 익히고 거침없이 사람들을 사귀며 이곳저곳을 다녔다. 그는 금세 강해졌고 그의 삶은 재밌어 보였으며, 그가 찾아간 곳들은 아름다웠다. 길 위의 사람들은 손을 치켜든 그에게 기꺼이 옆자리를 내주었고 친구를 소개해주었으며 가족이 되어주었다.

어떻게 이런 방랑을 이어갈 수 있었을까. 하루는 모든 것을 버리고 온 사람 같았다. 그에게는 가야 할 곳도, 만나야 할 사람도 없었다. 그런데 그것이 그를 어디로든 갈 수 있고 누구든 만날 수 있는 사람으로 만들어주었다. 많은 사람들이 그를 옆자리에 태워주었지만 그 전에 그는 누구든 자신의 마음에 태울 준비를 하고 있었다. 그의 여정을 따라 읽으며 세상이 생각보다 괜찮구나라고 생각했다.

그러다 글의 어디서부턴가 풍경이 달라졌음을 알게 되었다. 여정은 정해져 있지 않았지만 한곳은 언제나 다음 곳을 안내하고 있었다. 더 이상 벅찬 순간이 벅찬 순간으로, 아름다운 풍경이 아름다운 풍경으로 이어지지 않았다. 오히려 한 폭력은 더 큰 폭력을 가리켰고, 상처 난 장소는 더 큰 상처가 있는 곳을 가리켰다. 그는 난민을 만났고 장애인을 만났고 성폭력 피해자를 만났다. 그리고 여러 폭력들이 응집된 곳에서 비인간 동물들을 만났다. 젖을 짜내기 위해 계속해서 강간당하는 소, 집단 피살을 앞둔 돼지, 도망갈 수 없도록 날개가 잘린 여왕벌.

곳곳에서 사람들은 여전히 하루에게 자리와 음식을 내어주고 하루를 꼭 안아주었다. 하지만 많은 이들이 어느 곳에서 멈추었다. 문명의 모든 것을 버리고 숲에 들어온 사람들은 평화를 해치지 말라며 성폭력 사건 앞에서 침묵했고, 인간에 대한 폭력 사건에 함께 분노했던 사람들은 비인간 동물들이 당한 폭력 앞에서 무감각했다. 평화를 지키기 위해, 공동체를 지키기 위해, 혹은 이 나라 시민이 아니니까, 인간이 아니니까 폭력을 문제 삼지 않으려 했다. 어떤 이들은 홀로코스트나 강간 같은 끔찍한 말들을 비인간 동물에게 사용하는 것은 인간 희생자를 모욕하는 짓이라고도 했다.

　나 역시 하루의 여정을 따라가는 일이 뒤로 갈수록 힘에 겨웠다. 원고를 읽다가 여러 번 자리에서 일어나 주변을 서성여야 했다. 내 안의 누군가가 그만가자고 바짓가랑이를 붙잡는 것 같았다. 이 정직한 여정이 가리키는 곳이 어딘지를 예감하며 내 치부가 드러나기 전에 도망치고 싶었던 것이다. 그러나 하루가 수많은 차별과 폭력의 모티브를 제공한 곳이라며 가리키는 곳으로 걸음을 옮겨 가지 않을 도리가 없었다. 그가 너무나 정직하게 말하고 있었기 때문이다.

　이 방랑기의 끝에 이르러서야 나는 이것이 방랑이 아니었음을 깨닫는다. 하루는 길을 떠돈 것이 아니라 길을 찾아가고 있었다. 정처가 없었던 것은 맞다. 그는 몸이 머물 곳만큼이나 생각이 머물 곳을 미리 정해두지 않았다. 그것이 그의 정직이었다. 알지 못하는 길이었지만 그는 용감하게 걸었다. 이 책은 정직한 발걸음이 어떻게 한 인간, 한 동물을 자유와 해방의 길로 인도하는지를 보여준다. 동물해방운동가인 하루는 이 길을 따라 우리를 떠나 우리에게 온 것이다.

　　　　　　　　　　　　　　　　─ 고병권, 철학자

그의 흙 묻은 발을
오랫동안 바라보았다

인권영화제에서 무대에 오른 하루를 본 적이 있다. 하루가 만든 공장식 축산에 대한 다큐멘터리를 상영한 뒤 이야기 나누는 자리였다. 자그마한 몸집에 커다랗고 다소 추레한 옷을 입은 그는 과연 듣던 대로 전 세계를 유랑한 히피답게 맨발이었다. 나는 이 분방한 평화주의자가 아름답고 무시무시한 말들을 쏟아내며 베테랑 인권활동가들을 향해 "이것은 왜 폭력이 아닙니까" 외치며 경종을 울릴 거라고 기대했다. 하지만 예상과 달리 마이크를 잡은 하루는 꽁꽁 얼어붙어서는 입을 떼지 못하다가 급기야 너무 떨린다면서 훌쩍훌쩍 울기 시작했다. 결국 그는 한마디도 제대로 하지 못한 채 무대를 내려갔다. 두려움도 눈물도 감추지 못하는 그가 이상하게 부러워서, 이 낯선 존재가 대체 어디서 왔을까 생각하며 그의 흙 묻은 발을 오랫동안 바라보았다.

이 책은 하루가 6년간 60여 개국을 히치하이킹으로 여행하며 이동한 기록이다. 하루는 인간이 만든 경계와 규범 위를 초연하게 넘나드는 한 마리의 동물 같아서, 그가 통과하는 곳마다 당연했던 경계들이 낯설게 보인다. 책을 펼치자마자 두 번의 카우치서핑으로 말레이시아 랑카위섬 바다 위에 사는 주민의 집(배)에서 아침을 맞이한 하루는 단숨에 우리를 이상하고 자유로운 세계로 데려간다. 사용하지 않는 땅을 점거해 살아가는 스쾃, 상품성이 떨어진다는 이유로 버려지는 멀쩡한 음식들을 가져와 나눠 먹는 덤스터 다이빙(쓰레기통 뒤지기), 추위를 피해 따뜻한 곳으로 이동해 도착한 그리스에서의 난민 인권 활동, 도시문명에서 벗어나 자연에 파묻혀 지내며 삶을 축복하는 레인보우 개더링과 그곳에서 만난 성폭력 대응 활동, 그리고 이 시대 가장 억압받는 자들을 위한 동물해방운동까지. 다정하면서 담대한 그의 유랑은 어디에서도 들은 적 없는 진기한 이야기로 가득하다. 적응 말고 저항을 선택한 한 인간의 동물적 여행기이자 덜 소비할수록 더 생생히 연결됨을 보여주는 마법의 지도 같은 책.

— 홍은전, 기록활동가

차례

차례

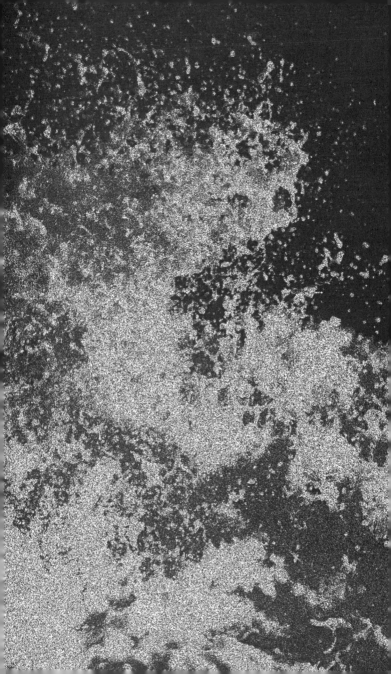

1장

우리는 세상이 감당하지 못하는 사람이 되기로 다짐했지

생존의 기술

내가 불현듯 집을 떠난 것은 2014년 12월이었다. 출국 이틀 전, 기약 없는 여행의 시작을 엄마에게 통보했다. 가능하다면 다시는 한국으로 돌아오지 않을 생각이었다. 당시 수중에는 갖고 있던 물건을 전부 중고로 처분한, 그리고 몇 년간의 아르바이트로 모은 500만 원이 있었다. 살아남기 위해서는 돈을 거의 쓰지 않는 수밖에 없었고, 나는 기꺼이 그럴 각오가 되어 있었다. 대책이라곤 그게 다였다. 너무 멀지 않고 가본 적 없는 곳 위주로 천천히 이동하기 시작했다.

관건은 매일 밤 잠자는 데 나가는 금액을 어떻게 줄이느냐였다. 첫 경유지였던 베트남 하노이의 4달러 ^{약 5천 원}짜리 호스텔에서 다른 베테랑 여행자들로부터 카우치서핑couchsurfing이라는 용어를 접했다. 카우치서 핑은 남는 방이나 소파를 낯선 이에게 며칠간 내어줄 용의가 있는 현지인과, 세계 곳곳의 다양한 이야기를 전해줄 여행자 사이를 연결하는 문화교류 플랫폼이라 고 할 수 있다. 어디서 온 누구이며 무엇을 좋아하는 지 등의 간단한 프로필을 웹사이트에 등록하고, 가고 싶은 지역을 검색해 일정과 관심사가 통하는 호스트 를 찾아 방문신청을 보내는 방식으로 진행된다.[*]

처음에는 몇천 원만 지불하면 하룻밤을 해결할 수 있는 지역에서 모르는 사람에게 글을 써 보내며 허 락을 구하는 것이 가치가 있을까 하는 의구심이 들었 다. 하지만 잠자는 공간을 내어주고 이를 제공받는 관

---

[*] 카우치서핑은 코로나19 이후 유료 서비스로 전환되었다. 비슷한 웹사이 트로는 트러스트루츠(Trustroots), 비웰컴(BeWelcome), 웜샤워(Warm-showers) 등이 있다.

계에서 돈이라는 수단을 지우자, 마법 같은 일이 벌어졌다. 주거공간뿐 아니라 삶의 일부를 공유하는 완전히 새로운 관계가 형성된 것이다.

현지인 한 명과 '아는 사이'로 발전하는 순간, 나는 더 이상 그 지역의 구경꾼이 아니라 그곳에 '사는' 사람이 되었다. 그전까지는 저렴한 호스텔이 잘 갖춰진 유명 관광도시 위주로 돌아다녔다면, 이제는 생전 들어본 적도, 평생 아무런 볼일도 없을 것 같은 동네의 어떤 집으로 무작정 떠나볼 수 있게 되었다. 그 과정은 너무나 빠른 속도로 세계와 연결되는, 말 그대로 서핑을 하는 것처럼 위태롭기도, 경이롭기도 한 경험이었다.

두 번째 카우치서핑 호스트가 소개해준 친구를 방문하러 말레이시아의 타이핑Taiping이라는 작은 도시에 갔을 때였다. 새로운 호스트와 동네를 산책하다가 우연히 그의 친구를 만났다. 내가 한국인이라는 것을 알게 된 그 친구는, 자신의 한국인 친구 킴Kim이 랑카위Langkawi섬에서 '배를 타고' 있다고 했다. 그렇게 연락이 닿아 무작정 킴을 찾아갔고, 그는 해변에서 카약으로 나를 태워 그의 배로 데려갔다. 돛단배 십여 대가 둥둥 떠 있는 바다 위 작은 마을에서의 생활이라니,

한국에서는 상상조차 해보지 못한 일이었다.

나는 머리맡에 둥근 창이 난 자그맣고 아늑한 선실에서 지내게 되었다. 선선한 바람을 맞으며 아침의 고요를 온전히 느끼다가, 날이 뜨거워지면 바다에 뛰어들었다. 킴과 함께 카약을 타고 근처 계곡으로 가 몸을 씻고, 마실 물을 긷고, 코코넛을 따 먹고, 밤마다 이웃 배를 방문해 소소한 파티를 즐겼다. 태국의 꼬리뻬Koh Lipe까지 항해를 다녀오기도 했다.

매일 저녁 분홍에서 보랏빛으로 급격히 물들었다가 어둠으로 소멸하는 온 세계를 넋을 놓고 바라보았다. 그러다 보면 금세 달빛이 수면 위로 눈부시게 반짝이거나 별들이 쏟아졌다.

나는 그 안에—바다 위에—영원히 남아 있고 싶었다. 그러니까, 그 상태 그대로 평생 '살고 싶은' 나머지, 오히려 그 자리에서 세상이 끝나버렸으면 하는 생각이 들었다. 그런 감각을 간직한 채로, 그렇게 안락하고 완벽한 삶들을 어딘가에 남겨 두고, 나는 계속해서 그 모든 곳을 떠났다. 그러자 심지어 그보다 더 벅찬 순간들이 몇 차례고 다른 모습으로 날 찾아와 덮쳤다.

문득 우리 모두에게 필요한 '잠'을 위해 매일 밤 돈을 내야 한다는 것이 낯설게 느껴졌다. 남의 집에서 자는 건 민폐라고 배웠기 때문일까. 사람들은 뭔가에 홀린 듯 내 집 마련을 꿈꾸고, 그 꿈을 현실로 치환하는 데에는 보통 평생의 노동으로 갚아야 할 빚이 뒤따른다. 말하자면 이 세상에 존재한다는 것, 그러니까 숨만 쉬는 데에도 돈이 필요한 것이다. 나는 이 같은 법칙에 온몸으로 저항하고 싶었다.

물론 매번 인터넷에 연결해 다음 목적지에 메시지를 보내고, 약속을 잡고, 특히나 그것을 지키는 것이 힘겨울 때도 있었다. 등록된 호스트가 거의 없는 지역도 많았고, 대부분의 집이 내가 가고자 하는 장소로 이동하기에 번거로운 위치였다.

특히 바다 위 혹은 해변가에 사는 호스트를 찾는 것은 불가능에 가까웠다. 나는 킴과 함께하던 나날을 그리워하며, 바다와 좀 더 가까워지기 위해 비로소 자그맣고 허술한 만 원짜리 이동식 집, 텐트를 마련했다. 그러고는 필리핀의 시키호르Siquijor섬에서 그 집을 처음으로 펼쳐보게 되었다.

당장 해변에 자리 잡고 누워 밤새 파도소리를 듣고 싶었지만, 누가 쳐들어올까 겁이 나서 바닷가 근처의 작은 호텔에 양해를 구하고 앞마당에 텐트를 쳤다. 담장과 대문, 심지어 밤새 순찰 도는 직원도 있는, 안전한 것이 분명한 그 호텔 구역 안에서도 나는 들려오는 미세한 소리 하나하나에 소스라치게 놀라며 자꾸만 잠에서 깼다.

날이 밝아 밖으로 나와 보니, 밤새 텐트 윗면을 톡톡 치던 소리의 범인은 바로 호텔 마당에 드리운 나뭇가지에서 떨어진 꽃잎들이었다. 여린 분홍빛 꽃비에 젖은 나의 새 집을 보고 웃음이 피식 나왔고, 더 이상 두렵지 않았다.

텐트에서 '살 수 있게' 되면서, 인생살이가 한결 수월해졌다. 어둠, 추위, 약간의 비위생적인 상태 등 낯설고 두려운 것들을 하나씩 직면하고 극복해나가며 나는 점점 강해졌다. 무엇보다 실질적으로 살아가는 데 필요한 비용이 확연히 줄어들었다. 나는 그렇게 돈 벌 궁리 대신, 주어진 자금으로 더 오랫동안 생존할 방법을 연구했다. 그리고 '지속 가능한 방랑'Sustainable Wandering이라는 프로젝트를 진행하며 250만 원으로 유럽 지역에서 3년 동안 살아남은 혼자만의 기록을 세웠다.

숲에서 해먹을 치고 처음 잤을 때는 나무에 걸어둔 배낭을 누가 훔쳐 가지 않을까 두려웠다. 물론 그런 일은 망상 속에서나 존재했고, 현실은 천장 대신 하늘을 바라보던 평화로운 밤이었다. 그 뒤로는 텐트에서 자는 게 갑갑하게 느껴져 그 대신 해먹을 가지고 다녔더니, 배낭이 훨씬 가벼워지고 잠자리를 준비하는 시간과 에너지도 확연히 줄었다.

어느 작은 섬의 나무 아래서 혼자 침낭을 뒤집어 쓰고 누워, 나뭇가지에 서서히 맺히는 별들을 보며 잠든 날이었다. 쌀쌀한 밤공기에 뒤척이며 눈을 뜰 때마다, 보름달이 까만 하늘에 포물선의 점을 찍으며 지나갔다. 달 덕택에 하나도 어둡지 않았다. 한밤중 다그닥거리는 소리에 깜짝 놀라 일어나 보니, 자그마한 야생 당나귀 한 마리가 걸어오고 있었다. 내가 움직이는 걸 본 당나귀는 나보다 더 화들짝 놀란 듯 멈칫했지만, 용기를 내어 가까이 다가와 내 머리냄새를 한번 킁, 맡고는 유유히 돌아갔다.

밖에서 오래 지낼수록 숲은, 동물들은, 이 우주는 굳이 나를 해칠 의도가 없음이 분명해 보였다. 생각보다 많은 일들이, 처음이 두려웠지 해보고 나니 아무것도 아니었다. 그럴수록 삶은 더욱 재미있어졌고, 점점 더 쉽게 느껴졌다.

사이프러스 카르파스Karpas 반도의 국립공원 노숙

생활의 기술

　호주 멜버른에서는 전문 부랑자 친구들을 유독 많이 사귀었다. 그곳은 길거리 생활을 하는 데 무리가 없는 정도가 아니라 그에 최적화된 도시 같았다. 누구나 형편이 되는 만큼만 지불하거나 봉사활동으로 기여할 수 있는, 너무나 맛있는 채식식당이 그 도시에만 네 군데나 있었다. 다양한 문화예술 행사가 곳곳에서 무료로 열렸고, 세상에서 가장 예쁜 도서관이 있었다

(나는 동네마다 도서관에서 꽤나 긴 시간을 보내곤 했는데 특히 낮잠을 잘 때가 많았다).

관광으로 특화된 도시가 아님에도, 버스킹에 대한 사람들의 반응은 매우 호의적이었다. 친구들은 기타를 들고 나갔다 하면 한두 시간 만에 하루이틀 먹고살 정도의 돈을 벌어 돌아왔다. 한번은 나도 옆에서 젬베를 두드리는 시늉을 해보았다. 마음 먹고 무슨 악기든 연습하면 나중에 돈이 다 떨어진다 해도 살아남을 수는 있을 것 같았다. 공원에는 생전 본 적 없던 알록달록한 새들이 신기루처럼 날아다녔고, 세인트 킬다 St. Kilda 부두에는 동그랗고 자그마한 야생 펭귄이 바위 사이에 숨어 있었다.

멜버른에서 일주일 정도는 크런치타운 Cruncy Town이라는 공간에서 보냈다. 간단히 말하자면 히피들이 잔뜩 모여 사는 집이었다. 낡고 허름한 동시에 우아한 그 전원주택에는 접이식 매트리스와 이불, 침낭이 아무 데나 널브러져 있었다. 누구나 필요한 것을 원하는 만큼 사용할 수 있었다. 그러다가도 갑작스레 인원이 늘어나 잠자리가 부족해지면, 서로 침대를 양보하지 못해 안달이었다. 마당이나 옥상에서도 충분히 멋진 꿈을 꿀 수 있었다. 지난 수년간 그곳을 지나쳐 간 여행자들이 만든 동명의 온라인 커뮤니티에서는 2천여 명의 '크런치들crunchies'이 지금까지도 활발하게 교류하고 있다.

부엌 한편에는 식재료가 수북이 쌓여 있어 십여 명이 매 끼니를 배부르게 먹고도 언제나 부족함이 없었다. 음식 값의 출처가 궁금해 그곳의 장기 거주자 사라Sarah에게 묻자, 그는 마침 다른 크런치들과 덤스터 다이빙dumpster diving, 쓰레기통 뒤지기을 할 거라며 그날 밤 함께 가보자고 했다. 야밤에 무슨 다이빙인가 싶었는데, 우리가 도착한 곳은 집 근처 불 꺼진 대형 슈퍼마켓 앞이었다.

사라와 크런치들은 능수능란하게 역할을 분담해 작업을 시작했다. 거대한 쓰레기통 앞에 플라스틱 상자로 계단을 놓고, 뚜껑을 열고, 손전등을 비추고, 정말로 다이빙하다시피 고개를 처박았다. '다이버'가 그 안에서 먹을 만한 것들을 꺼내면 다른 크런치들이 그걸 받아 배낭에 부지런히 담았다.

부엌으로 돌아와 테이블 위에다 가방을 한꺼번에 풀어놓았다. 멀쩡한 과일과 채소와 빵이 쏟아져 나왔다. 표기된 유통기한이 하루이틀 지났거나, 함께 포장된 열매 중 하나가 살짝 썩었거나, 모양이나 크기가 달라 아무도 사지 않았거나 하는 이유로 버려진, 방대한 양의 음식이었다. 그것들이 바로 조금 전까지 쓰레기통에 있었다는 사실을 도무지 믿을 수 없었다.

밤늦게 슈퍼마켓으로 향하는 방식 외에도 다양한 형태의 덤스터 다이빙이 존재했다. 농산물시장이 문을 닫을 즈음 가서 길 한복판에 버려진 과일상자를 뒤적거려볼 수도 있었다. 상처 난 채소들이 바닥에 드문드문 떨어져 있기도 했다. 그런 걸 줍다 보면 장사를 정리하던 상인들이 팔다 남아 버리려던 것을 한 상자씩 건네주는 경우도 적지 않았다. 음식뿐 아니라 아직 쓸 만한 온갖 물건들이 말도 안 되는 규모로 버려지고 있었다. 그런 걸 줍는 기술을 익히고 나니, 세상에 더는 구매하고 싶은 게 없어졌다.

이쯤에서 우리는 버려지는 물건에 대한 상상력을 좀 더 넓혀볼 필요가 있다. 누군가는 집을 줍기도 했다. 사용하지 않는 땅이나 건물을 점거해 살아가는 행동을 스쾃Squatting, 무단거주이라고 부른다. 오래도록 방치되어 있던 집들이 사람들의 온기와 에너지로 되살아났다. 유럽 곳곳에서는 다양한 스쾃이 사회운동의 거점이자 공익적 문화공간으로서의 역할을 분담하고 있다. 어떤 곳에서는 전시나 강연이, 근처 다른 스쾃에

덴마크 코펜하겐의 쓰레기통에서 구조된 과일들

서는 공연과 파티가 열렸다. 프리숍freeshop, 자본주의 체제를 거

부하는 무료 상점이나 후원주점을 운영하는 스콰도 있었다.

벨기에의 수도 브뤼셀에는 스콰을 기반으로 한 주
거 공동체가 유난히 많았다. 그중 내가 잠시 머물렀던
한 스콰은 일주일에 한 번씩 무료배식 행사를 열어 지
역사회에 기여하기로 인근 대형마트와 계약을 맺어,
그곳에서 버려질 음식을 쓰레기통을 거치지 않고 바
로 넘겨받고 있었다. 한번은 나도 스콰 멤버들과 마트
에 함께 갔다. 먹을 것이 한가득 든 박스 네 개를 직원
들이 건네주었고, 우리는 계산대에서 그 모든 물품의
바코드를 일일이 찍는 과정을 지켜보며 한참을 기다
렸다. 결제는 하지 않아도 되었다. 그날의 영수증에는
1천 유로약 130만 원가 넘는 금액이 찍혔다. 매일매일 그
마트 한 곳에서만 그만큼의 음식이 버려지고 있었다.

히치하이커들

뉴질랜드 남섬에서 히치하이킹을 처음 시도한 건 단지 돈을 아끼기 위해서였다. 북섬에 비해 인구밀도가 현저히 낮아 카우치서핑 호스트를 찾기 어려운 데다 전반적인 물가도 좀 더 비싼 남섬의 생활에 적응하기 위해서는 새로운 대책이 필요했다.

크라이스트처치Christchurch의 해변에서 만난 자넷Janet 할머니의 초대로 그의 집에서 지낼 때였다. 한번은 자넷이 아카로아^{Akaroa}라는 작은 마을에 대한 이야기를 꺼냈다. 무슨 이야기였는지는 기억나지 않지만, 검색해보니 집에서 90킬로미터 정도 떨어진 곳이었다. 거실에 붙어 있는 흑백의 지도로만 봐도 너무나 아름다운 곳임에 틀림없었다. 다음 날 시험 삼아 히치하이킹으로 다녀와보기로 마음먹었다.

방법을 모를 뿐 아니라 애초에 그런 게 가능하리라고 생각지도 않은 채로, 집에서 5분쯤 걸어 나가 내가 가려는 방향의 도로에 서서 엄지를 들었다. 구걸하는 것마냥 창피한 기분에 손이 잘 올라가지 않았다. 미소를 지어야 할지, 불쌍한 표정을 보여야 할지 헷갈렸다. 삼십 분도 넘게 서 있었는데 아무런 소득이 없자, 나는 그럴 줄 알았어, 하고 돌아섰다.

그대로 집에 도착했다면 나는 당분간, 혹은 다시는 히치하이킹을 시도하지 않았을지도 모른다. 그리고 다른 히치하이커들과 이야기를 나눌 때, 나도 해봤는데 안 되더라, 하고 쉽게 단정 짓고는 앞으로의 모든 기적을 영원히 남 얘기로 남겨놓았을 수도 있다.

집을 향해 두 블록쯤 걸었을까, 차 한 대가 내 옆으로 스윽 다가와 창문을 열고는, 좀 전에 저쪽에서 히치하이킹을 하고 있지 않았느냐고 물었다. 무심코 지나친 운전자가 나를 태워주기로 마음을 돌린 것이다. 그는 도시 외곽의 고속도로 입구까지 데려다주고는, 목적지로 가는 차를 금방 찾을 수 있을 거라고 말했다. 나는 그가 떠난 후 1분도 채 지나지 않아 멈춰 선 다음 차를 타고 아카로아에 무사히 도착했다. 자넷의 말대로 바다를 곁에 둔 에덴동산 같은 곳이었다. 동네 산책을 충분히 한 후에, 수월하게 또 다른 차를 얻어 타고 해질녘에 크라이스트처치로 돌아왔다.

첫 경험을 통해 '언젠가는 반드시 누군가가 도와줄 것'이라는 믿음이 생겼고, 그 뒤로 시간이 흘러 기억이 쌓일수록 그것은 믿음보다는 '앎'에 가까워졌다. 그날 이후에는 남섬의 구석구석을 오직 히치하이킹으로만 돌아다녔다. 비 오는 날 허허벌판에서 세 시간을 기다려도, 날이 슬며시 저물어가도, 물론 힘들고 피곤하긴 했지만 두렵거나 걱정이 되지는 않았다. 가끔은 미처 엄지를 들기도 전에, 어쩔 땐 포기하고자 했던 바로 그 순간에, 거짓말처럼 기적이 일어났다.

나중에 유럽에 갔을 때에도 배나 비행기를 타야만 하는 경우를 제외하고는 무조건 히치하이킹을 했다. 히치하이커들이 차를 잡기 좋은 장소를 통계적으로 정리한 히치위키hitchwiki라는 웹사이트도 알게 되었

아카로아가 내려다보이던 길 위의 풍경

다. 히치위키를 참고해 함부르크에서 베를린, 리옹에서 파리 등 이동이 잦은 구간의 대중적인 '히치스팟'에 가보면, 도로 난간이나 전봇대에 전 세계 히치하이커들의 흔적이 남아 있다. 그런 장소는 히치하이킹이 잘되기로 유명하다는 걸 증명이라도 하듯, 보통은 '아쉽게도' 낙서들의 절반도 채 읽기 전에 누군가 차를 세웠다.

이미 정원이 꽉 찬 봉고차의 짐칸에, 물류를 나르는 집채만 한 트럭에(풍경을 감상하기 가장 좋은 경우였다), 운이 좋으면 멋지게 개조된 캠핑카에 실려 유럽 전역을 떠돌았다. 차를 태워준 사람이 나에게 잘 곳이 있는지 묻는 경우도 드물지 않았다.

어떤 길에 서 있을지, 언제까지 기다렸다가 마음을 다잡고 다른 장소로 이동해 다시 시도할지, 몇 킬로밖에 가지 않는 차를 탈지 말지, 순간의 직관적 선택이 나를 극단적으로 다른 무수한 시나리오로 이끌었다. 딱히 원하는 것이나 계획이 없을수록, 아무것도 상상하지 않을수록, 더욱 다양하고 놀라운 기회가 펼쳐졌다. 선택지가 눈에 띄게 넓어진 동시에, 어차피 무엇을 선택하든 상관없었다. 세상이 나에게 보여주는 대로, 그야말로 우주의 흐름을 따라 살게 되었다.

외국인 수용소

모든 일이 그렇듯, 언제나 긍정적이고 조화로운 흐름만 있었던 것은 아니다. 간혹 나를 동등한 인간이 아닌 본인의 판타지를 덧씌운 대상으로, 이를테면 '아시안 여성'으로 대하는 사람들도 있었다. 그런 대상화는 어김없이 아주 무례한 발언이나 행동으로 이어졌다. 그 빈도가 유난히 높았던 지역에서 여러 일들을 겪고 난 어느 날, 도망치듯―임의로 안전하다고 판단

한—영국으로 떠났다.

런던의 히스로 공항에 도착해 영국 국경UK Border이라고 적힌 거대한 표지판 아래 줄을 섰다. 여느 때와 다름없이 입국심사를 받는데, 심사관이 여기저기 전화를 걸고 내 여권을 다른 직원에게 넘겨주더니, 저쪽에 가서 앉아 있으라며 어딘가를 가리켰다. 여권을 빼앗긴 나는 순순히 직원을 따라 어떤 구역 안으로 들어갔다. 그는 '잠시만' 기다리라고 말하고 사라졌다. 구역을 나누는 칸막이가 높지 않아서, 그곳에 앉아 나는 사람들이 우르르 국경을 넘어가는 모습을 구경할 수 있었다. 잠시 후 휠체어를 탄 흑인이 내가 있던 곳으로 들어왔다. 그는 몹시 화가 나 있었다.

나와 같은 비행기를 탔던 승객이 모두 지나갔는지 공항은 잠시 한산해졌다. 그즈음 누군가 와서 다음 절차에 대한 안내를 해주리라고, 적어도 어찌 된 영문인지 설명해줄 거라고 생각했다. 하지만 다음, 또 그다음 비행기의 승객 무리가 지나가도록 아무도 나를 찾지 않았다.

한 직원을 붙잡아 화장실에 가고 싶다고 말을 건네보았다. 그는 나를 화장실까지 안내—실은 연행—하고는 문 앞에서 기다리다가 내가 나오자 다시 '구역'

안으로 데려다 놓았다. 그 뒤로 히잡을 쓴 여성, 흑인 여성과 어린아이 둘이 들어오고, 누군가는 칸막이 안 팎을 여러 번 오가고, 나보다 먼저 와서 앉아 있던 이 들이 차례로 구석의 어떤 방으로 '끌려가는' 모습을 망연히 바라보았다. 내 이름이 호명되었을 때는 이미 두 시간이 흐른 뒤였다.

두 명의 직원이 내 양팔을 한 짝씩 붙들고 디텐션 센터detention centre라고 적힌 문 안쪽에 나를 데려다 놓 았다. 그때는 그 단어를 몰랐는데, 나중에 찾아보니 수용소, 구치소라는 뜻이었다. 그 안에는 흑인들, 아 랍인들, 장애인들이 저마다 너무나 불편해 보이는 자 세로 앉거나 누워 있었다. 한 직원이 나에게 모국어 번역 서비스를 위한 두꺼운 파일을 건넸다. 그 안에는 태국어, 베트남어, 네팔어 등 수많은 아시안 언어가 있 었지만 한국어는 없었다. 바로 그때, 한국에 있을 적 화성 외국인 보호소에 서너 번 면회를 갔던 일이 떠올 랐다.

당시에 한 친구가 절도로 체포되어 벌금 90만 원 형을 선고받았다. 돈이 한 푼도 없었던 그는 벌금을 내는 대신 9일간 구치소에 들어갔는데, 석방되던 날 곧바로 화성으로 끌려갔다. 물론 절도는 불법이지만,

약속대로 즉 '법대로'라면 벌칙 수행을 마친 그가 다시 잡혀가는 건 있어선 안 될 일이었다. 그는 수신자 부담 전화로 이곳저곳에 손을 벌려 '모국'으로 돌아가는 항공권 비용을 마련하는 한 달 동안 그곳에 갇혀 지냈다. 한국에서 일 년간 함께 살던 가족과 친구들에게 마지막 인사도 전하지 못한 채, 지내던 곳의 살림살이도 제대로 정리하거나 챙기지 못한 채 그는 라트비아로 강제 송환되었다.

나는 그 친구처럼 한국으로 돌려보내질까 봐 눈물이 멈추질 않았다. 힘겹게 유럽에 도착한 지 고작 3개월 차였다. 죽어도 돌아가고 싶지 않았다. 직원들은 울고 있는 나를 한쪽에 세워두고 정면과 측면 얼굴 사진을 찍고, 지문을 채취하고, 가방을 탈탈 털어 모든 짐을 샅샅이 뒤졌다. 꼼짝없이 범죄자 취급을 당하는 동안, 내가 무슨 죄를 지은 건지 곰곰이 생각했다.

나는 여권뿐 아니라 갖고 있던 다른 모든 짐과도 분리된 취약한 상태로, 그들이 지시하는 곳에서 앉아 있을 수밖에 없었다. 내가 왜 여기에 온 거냐고, 언제 나갈 수 있냐고, 앞으로 어떻게 하면 되냐고 아무리 물어도 소용없었다. 그런 건 나 말고도 그곳의 모두가 외치는 진부한 메아리에 불과했다. 돌아오는 건 가

만히 기다리라는 기계적인 반응뿐이었다. 나는 직업
이 없었고, 학생도 아니었으며, 입국심사관의 입장에
서는 영국을 여행할 충분한 자금을 보유하고 있지 못
했다. 영국에서의, 그리고 그 이후의 계획도 명확하지
않았다.

무엇보다 내가 외국인인 것이 잘못이었다. 영국
국민이 아닌 것 말고는, 나는 잘못한 것이 없었다. 그
때, 제주도에 거주하는 예멘 난민을 향해 '국민이 먼
저다'라고 적힌 피켓을 들고 시위하던 '선량한' 시민들
의 얼굴이 떠올랐다. 영국 국경 경찰 역시 외국인이 자
기 나라에 들어와 '불법체류'를 하고 일자리를 빼앗을
까 봐 걱정이 이만저만이 아닌 모양이었다. 나는 그럴
의도가 없음을 증명해야 했는데, 그 절차는 무려 여덟
시간이 걸렸다.

— 런던 어디에서 지낼 예정입니까?

— 여기에 주소를 적었는데요.

— 누구의 집입니까?

— 친구가 소개해준 친구네 집입니다.

— 여성인가요?

— 아니요.

— 남자친구인가요?

— 친구의 친구라고 했잖아요.

— 모르는 사람이라고요?

— 친구의 친구라니까요.

— 모르는 남자를 어떻게 신뢰합니까?

과연 상대가 소통의 의지가 있는지 가늠할 수 없는, 황당한 수준의 '대화'가 몇 시간 동안 반복적으로 이어졌다. 통장 잔고를 보여주기 위해, 영국을 떠나는 비행기표를 알아보기 위해 인터넷에 연결하려 기를 쓰던 중, 처음에 나를 심문했던 직원이 환하게 웃는 얼굴로 내가 영국에 들어가는 것이 '허가'되었다는 소식을 전했다. 허탈한 마음에 왜 갑자기 그렇게 되었는지 물었다. 직원은 내 친구의 친구라는 사람—영국 시민—에게 전화를 걸어보니 그가 한국인 손님을 기다리는 중이라고 말했다면서 여권을 돌려주었다. 그러고는 영국에서 좋은 시간 보내라며 두 손을 흔들었다.

'국경 너머'의 세상은 소름 끼칠 정도로 경쾌했다. 장난감 같은 빨간 이층버스를 타고 런던 시내로 향했다. 내가 얼마나 운이 좋았던 건지는 한참 후에야 알았다. 히스로 공항에서 본국으로 강제송환되는 경우는 생각보다 흔했고, 그걸 실제로 겪었다는 친구도 나중에 여럿 만났다. 나와 함께 갇혀 있던, 휠체어를 탄 흑인은 심지어 영국 시민권자임에도 의심과 추궁 가득한 조사를 몇 시간이고 견뎌야 했다(내가 먼저 국경을 넘었기에, 그가 결국 어떻게 되었는지는 모르겠다).

거리마다 "영국에 온 것을 환영합니다"Welcome to Great Britain라는 문구가 지나치게 많이 보였다. 과연 누구를 환영한다는 것일까? '외국인'이라는 단어가 순간 낯설게 다가오며 내게 복잡한 감정을 불러일으켰다. 실제로는 눈에 보이지도 않는 국경이라는 선을 기준으로, 어떻게 이 많은 사람들이 스스로를 내국인 혹은 외국인이라 인정하고 동의하며 살아가고 있는 걸까. 애초에 그 선을 지도에 그은 것은 누구인가. 내가 전혀 살고 싶지 않은 '모국'의 바깥에서는 왜 나에게 '체류일'이라는 게 주어지며, 그 이상 머무르는 것이 불법인가. 내가 선택한 적도 없는데, 이곳에서 나는 왜 외국인인가.

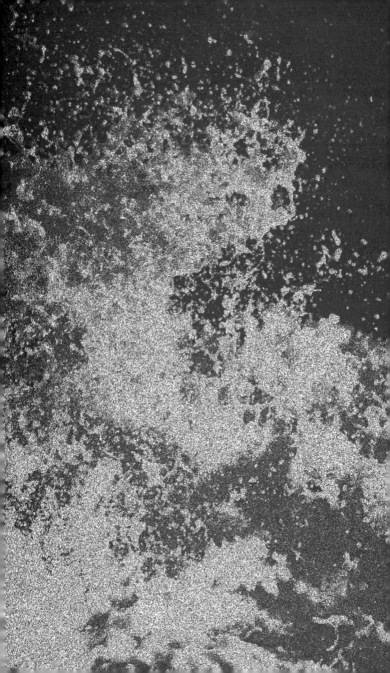

2장

**태양을 가로질러
걷기**

노동의 기술

자본이라는 도구를 배제한 채 매일의 잠자리와 식량을 탐색하는 일은 그 자체로도 꽤나 고된 노동이었다. 어느 날은 리버풀에서 카우치서핑 미팅에 나갔다가 워커웨이workaway라는 단어를 접하게 되었다. 카우치서핑과 비슷하지만 좀 더 실질적이고 명확한 것들이 오가는 관계를 맺는 온라인 플랫폼이었다. 주 20~25시간을 일하고 숙식을 제공받는 것이 평균적인 조건이었다.* 여행자들은 저마다 '좀 쉬고 싶을 때' 워커웨이를 이용한다고, 즉 일을 한다고 이야기했다.

얼마 후 동화 속으로 걸어 들어온 것 같은 웨일즈의 랑골렌Llangollen이라는 작은 마을에서 처음으로 워커웨이를 시도해보았다. 그러자 다른 이들이 말한, 쉬고 싶을 때 일을 한다는 게 어떤 의미인지 금방 이해됐다. 향후 2주 동안 무엇을 먹고 어디서 잘지가 정해졌다고 인지한 순간, '여유'라는 감각이 되살아났다. 그 열나흘 동안 나는 평일마다 하루에 서너 시간 일하고, 주말에는 근교로 여행을 떠났다. 나머지 시간에는 동네 구석구석을 산책하고, 도서관에서 영어와 독일어를 공부하고, 매일 밤 영화 한 편을 보는 규칙적인 생활을 했다. 정말 오랜만이었다.

마리Mari의 집에서 함께 지내며, 당시 두 살이던 핍Pip과 아홉 살이던 조Jo를 돌보고 간단한 집안일을 돕는 것이 내 역할이었다. 나는 그런 일이 전혀 적성에 맞지 않음을 곧바로 알게 되었지만, 주로 시간을 함께 보내게 된 핍이 나를 너무나 좋아하고 잘 따르는 바람

---

* 우프(WWOOF), 헬프엑스(HelpX), 트러스티드하우스시터(Trusted-Housesitters) 등이 비슷한 서비스를 제공하고 있다.

에, 얼떨결에 천부적인 인재로 여겨졌다.

약속했던 2주가 거의 끝나갈 무렵, 마리가 내게 좀 더 머물러줄 수 있는지 물었다. 그 옆에서 핍이 고개를 빼꼼 내밀고는 기차놀이를 하러 가자고 졸랐다(랑골렌은 아직도 증기 기관차가 다니기로 유명한 마을이다). 그렇게 일주일을 더 지낸 후에는 마치 그들의 가족이 된 기분이었다. 2년이 훌쩍 지나 영국에 돌아갔을 때는 요크셔주 헵든브리지Hebdon Bridge로 이사 간 그들을 방문해 또 몇 주간 일손을 도우며 지냈다. 언제라도 찾아갈 수 있는 따뜻한 집이 영국에 생긴 것도, 핍과 조가 자라나는 모습을 가까이서 지켜볼 수 있다는 것도 내게는 마냥 신기한 일이었다.

핍과 조는 학교에 가지 않았다. 헵든브리지에는 홈스쿨링을 하는 아이들이 유독 많았다. 미리 정해놓은 일정에 맞추어 핍이나 조를 데리고 놀이터에 가면 동년배 아이들이 우르르 나와 놀고 있었다. 양육자들은 한두 명씩 돌아가며 보호자 역할을 했다. 일종의 공동 육아였다. 마리는 함께 사는 동성의 연인뿐 아니라 핍과 조에게도 식기의 물기를 닦거나 빨래를 너는 등의 집안일을 나누어 배정했다. 덕분에 그런 일을 도우며 그 집에서 지내던 나도 동등한 가족 구성원으로서 아이들과 함께 일할 수 있었다.

추위와 더위를 무엇보다 싫어하는 나는 계절에 따라 유럽 대륙의 남북을 육로로 열심히 오갔다. 2016년 초여름에는 핀란드 헬싱키에서 북쪽으로 1천 5백 킬로미터쯤 떨어진 이나리Inari라는 호숫가 마을까지, 곧장 간 것이 아니라 핀란드를 지그재그로 휘젓고 다니며 족히 3천 킬로미터는 이동해 다다랐다. 북부 어느 지점부터는 지나다니는 차가 워낙 드물어 기다리는 시간이 한참 늘었지만, 누군가 막상 지나가기만 한다면 나를 길 위에 그대로 남겨두는 경우는 없었다.

로바니에미Rovaniemi에서 이나리로 향하는 길에서 나를 태우고 가던 운전자가 갑자기 속력을 줄이고 창문을 열더니 얼른 밖을 보라고 했다. 순록 수십 마리가 우리와 같은 방향으로 걷고 있었다. 나는 그 압도적인 존재감에 놀라 입을 다물지 못한 채 넋을 놓고 그들을 바라봤다. 운전자는 순록의 걸음걸이에 맞추어 오래도록 차를 느리게 몰아주었다.

이후에 그들을 다시 만난 건 식탁 위에서였다. 이나리에서 열린 사미Sámi, 유럽대륙 북부 지역의 소수민족 뮤직페스티벌에서 전통의상을 팔던—이제는 내 가족이 된—어느 사미족 부부를 따라 노르웨이 카우토케이노Kauto-keino에 갔을 때였다. 첫날 식사로 아주 기름진 순록 스튜를 대접받았다. 내가 쥔 숟가락에 어떤 부위가 올라올 때마다 키르스텐Kirsten은 그것이 간인지, 허파인지, 혀인지 일일이 설명해주었다. 밤에는 요니Jonny가 순록의 심장을 직접 절여서 말렸다는 수제 육포를 안주로 먹었다. 그들은 술을 엄청나게 많이 마셨다.

카우토케이노는 사미족이 모여 사는 마을공동체 같은 곳이었다. 북부 사미어northern Sámi를 사용하며, 초등학교부터 대학까지 자치적인 교육 시스템을 갖추고 있었다. 현대에 접어들면서 그들은 더는 전통 유목민 텐트 라보Lavvu에서 지내지 않고(라보가 뒷마당에 장식이나 상징처럼 놓여 있기는 했다) 주로 정착 생활을 했다. 오늘날에는 통나무집을 지어 화목난로를 때며 사는 경우가 많았다. 요니네 집터에는 작은 오두막이 여러 채 있었다. 나는 그중 서류창고처럼 쓰이던 별채의 다락방에서 지냈다.

워커웨이를 시작한 이후로는 남의 집에서 머무르는 동안—한국 요리를 맛보게 해주는 것 이외에도—어떻게 살림에 기여할지를 훨씬 더 깊게 고민하게 되었다. 나는 사다리를 오르내리며 오두막집 두 채의 바깥벽을 페인트칠했다. 새로 짓고 있던 별채에 샤워부스를 설치하는 일을 돕고 장작을 패기도 했다.

우리는 저녁마다 앞마당에 둘러앉아, 막 단풍이 지기 시작한 카우토케이노의 호숫가를 내려다보며 바비큐 파티를 했다. 요니는 순록 삼천 마리를 소유하고 있었는데, 그들은 모두 여름철마다 북쪽 해안가로 이동했다가 초겨울이 되어서야 돌아온다고 했다. 그땐 아직 여름의 끝자락이라 못 봤지만, 그 지역은 겨울이 오면 해가 전혀 뜨지 않는 극야polar night가 몇 달간 이어지며 오로라를 질리도록 볼 수 있는 곳이었다. 키르스텐은 내 손을 붙들며 다음에 꼭 다시 와서 오로라도 실컷 보고, 눈 덮인 숲으로 순록들과 함께 놀러 가자고 했다.

내가 떠나던 날, 요니는 일주일치 노동에 대한 소정의 사례금을 쥐어줬다. 키르스텐은 카우토케이노의 단체 채팅방을 통해 차편까지 마련해서는 나를 다른 마을의 친척집으로 보내주었다. 그리고 새로운 사미 가족들은 나를 또 다른 친구와 친척에게 소개했다. 나에게 사미 전통의상을 입히고, '명예 사미'라 불러주기도 했다. 그렇게 나는 한 부족의 공동체에 서서히 스며들었다. 요니의 친구네 여름 별장에서는 일일 유리창닦이 일자리도 얻고, 피오르드에서 배를 타며 지냈다. 그런 식으로 조금씩 용돈벌이까지 하면서 두 달간 너무나 편안하게, 남쪽을 향해 노르웨이 전체를 가로질렀다.

노르웨이 북부 로포텐 제도Lofoten Islands에서

난민 수용소

노르웨이 남부의 베르겐Bergen과 오슬로를 지나 스웨덴에 도착했다. 스톡홀름 시내에는 길거리에 주저앉아 구걸하는 사람이 블록마다 한 명씩은 있었다. 주로 히잡을 뒤집어쓴 아랍인이었다. 어린아이들이 동정심을 유발하듯 돈통 옆에 누워 자고 있기도 했다. 스웨덴 시민들은 무더기로 몰려온 이방인들을 적극적으로 돕기도, 없는 사람 취급하기도, 노려보며 짜증을 내기도 했다. 그때는 그러려니 하고 넘겼던 그 장면에 이르기까지 어떤 일들이 있었는지를, 생각지도 못했던 곳에서 마주하게 되었다.

스웨덴을 지나 덴마크에 당도했을 땐 이미 2016년 늦가을의 칼바람이 불어오고 있었다. 갑작스런 추위의 강도에 놀란 나는 급히 베를린까지 이동해 그리스의 테살로니키로 넘어갔다. 새로운 도시에 도착한 여느 때와 같이 도서관과 미술관을 구경하는데, 가는 곳마다 피난민에 관한 사진전이 한창이었다. 수십 명이 작은 고무보트 하나에 간신히 매달리듯 앉아 있는 모습, 배 위에서 혹은 길에서 죽은 어린아이, 철조망을 뚫고 지나가려는 사람들, 철로를 따라 줄지어 선 텐트 등 비슷비슷한 사진이 잔뜩 전시되어 있었다.

중동 지역에서 유럽으로 이주하려는 사람들이 경제적으로 안정되고 복지체계가 비교적 잘 갖춰진 독일이나 스웨덴, 영국을 목적지로 삼는 것을 이해하기는 어렵지 않았다. 전쟁 중인 시리아와 아프가니스탄에서 '수용 불가능한 인원'이 지중해를 건너 그리스 북부의 항구도시 테살로니키로 몰려들었다. 거기서부터 마케도니아와 세르비아를 거쳐 독일로 가는 게 가장 짧고 일반적인 경로이기 때문이었다. 바다를 건너온 생존자들은 철조망이 세워진 그리스와 마케도니아 사이 국경을 넘을 허가를 무기한으로 기다리고 있었다.

기차역 근처에, 거리와 공원에 셀 수 없이 많은 사람들이 텐트를 치고 몰려 살았다. 나처럼 하루이틀이 아니라, 이미 몇 달에서 일 년이 지나도록 그곳에서 벗어나지 못한 가족들이 있었다. 독일이나 영국이 아닌 '분쟁 지역'에서 태어난 것 외에 이들이 도대체 무슨 '죄'를 지었기에 이런 종류의 삶을 견뎌야 하는 것인지, 나는 왠지 억울한 마음이 들었다.

남부 유럽의 휴양지 분위기를 기대하며 해변에 앉아 한가로이 햇빛이나 쬐려던 나는 도저히 그럴 수 없는 상황임을 금방 파악할 수 있었다. 일단 카우치서핑으로 머물게 된 집만 봐도, 유럽 각지에서 모인 활동가들로 북적였다.

집주인 이아손lasson은 난민 문제를 함께 겪어나가는 로컬 활동가였는데, 다른 지역에서 온 봉사자들을 재우고 돌보는 일에 특히 힘쓰고 있었다. 그런 '호스트 활동가'가 근처에 두어 명 더 있어서 게스트끼리도 이웃처럼 왕래하며 지냈다. 대여섯 명이 한 방에서 비좁게 지내다 보니 활동가들과 급속도로 가까워질 수밖에 없었고, 그렇게 셋째 날 아침에는 급기야 그들을 따라나서게 되었다.

버스를 두 번 갈아타고 비포장 도로를 한참 달려 도착한 소울푸드 키친Soulfood Kitchen은 황량한 벌판에 대충 지은, 다소 허름한 몰골의 가건물이었다. 그 작은 부엌 한 칸에서 몇백 명분의 두 끼 식사가 매일 만들어졌다. 그곳은 시작부터 동물성 식품을 배식하지 않는 것을 원칙으로 했는데, 축산업이 정의로운 음식 분배 시스템 구축을 방해하는 가장 큰 원인이며, 식단에 육류를 포함하지 않는 것이 같은 가격으로 열량과 영양소를 훨씬 효율적으로 얻을 수 있는 방법이기 때문이었다. 그들은 인간을 향한 차별과 폭력뿐 아니라 동물 착취에도 반대하며, 축산업에 기여하는 것은 '소울푸드'의 핵심 가치인 평화와 비폭력에 위반되는 행위라고 설명했다.

그리스 당국에 난민으로 등록되면 국제기구의 지원을 받는 난민 캠프에서 지내며 식사를 제공받았지만, 북부 유럽으로 향하려는 '미등록' 난민들은 속절없이 길에서 굶주렸다. 소울푸드 키친은 지난 일 년간 하루도 빠짐없이 그들에게 음식을 가져다주고 있었다.

거기서 한동안 토마토와 당근, 감자와 양파를 썰

며, 이후 내 삶의 방향성에 큰 영향을 끼친 친구들을 여럿 사귀었다. 독일 뒤셀도르프의 한 교회에서는 무려 열일곱 명의 활동가들이(주로 중고등학생들이었다) 와서 2주 동안 묵묵히 일했다. 그렇게 여럿이 모여 난민 밀집 지역을 찾은 건 이번이 세 번째라고 했다. (그 모든 여정을 기획한 아다우미르Adaumir 목사 가족과는 친척 같은 사이가 되어서, 이후 독일에 갈 때마다 최대한 시간을 내어 방문하고 있다.)

안드레아Andreea와 아야Aya는 비건vegan, 육류, 달걀, 우유 등 모든 동물성 식품과 더불어 동물 착취에 기반한 산업 자체를 거부하는, 아나키스트, 퀴어, 페미니스트로 본인을 소개했다. 그때까지 나는 그런 것들에 대해 잘 몰랐지만, 우리는 영혼의 단짝이라도 만난 듯 금세 친해졌다. 이후 그들도 세계여행을 본격적으로 시작했고, 덕분에 우리는 프랑스와 슬로베니아 등지에서 여러 차례 마주치며 인연을 이어나갈 수 있었다. 몇 년 뒤에는 불가리아에 정착해 예술활동가 공동체를 꾸린 그들을 방문해 한 달간 함께 지내기도 했다.

그들은 시종일관 작은 비디오카메라를 붙들고 있었다. 소울푸드 키친에는 '필름메이커'들이 유독 많았다. 당시 나도 카메라를 갖고 있었지만 그걸로 영상을

소울푸드 키친에서 수프 만들기

찍어볼 생각은 그전까지 단 한 번도 하지 못했다.

키친 뒤편의, 웨어하우스warehouse, 창고라고 불리는 커다란 강당에는 유럽 전역에서 기부된 옷과 침구가 종류별로 정리되어 있었다. 꽤나 깨끗하고 쓸 만한 물건들이었지만 워낙 산더미처럼 쌓여 있어서 자칫하면 쓰레기 매립장처럼 보였다. 날이 급격히 쌀쌀해지면서, 봉사자들은 쉬는 시간마다 옷더미 사이를 누비며 마음에 드는 따뜻한 옷을 골라 입었다. 그래 봤자 헌옷 산더미는 미동도 없었다. 그곳은 아마 유럽에서 가장 큰 프리숍이었을 것이다.

두툼한 겉옷과 담요, 모자, 양말, 목도리가 한 세트로 묶여, 바로 근처에 있는 몇천 명 규모의 난민 캠프로 보내졌다. 캠프는 아무나 가볼 수 있는 곳은 아니었다. 키친에서 일하던 한 필름메이커가 만든 짧은 영상이 나중에 공개되었고, 나는 독일의 아다우미르 목사네 집에서 뒤늦게 그 안의 상황을 마주했다.

그곳은 내가 상상할 수 있었던 '최악의 주거 상태'보다 훨씬 더 열악해 보였다. 커다란 천막 아래, 금방이라도 무너질 듯 허술한 이층침대가 빼곡했다. 곰팡이가 낀 얇고 좁은 매트리스 하나에 사람들이 한가득 올라가 있었다. 고등학생 시절 내가 지내던 기숙사를 닭장이라고 불렀던 게 생각나 부끄러웠다. 난민 캠프에 비하면 우리 기숙사는 '자율형 복지시설'이었다.

화면 안에 보이는 수많은 사람들이 그런 끔찍한 환경 속에 자발적으로 들어갔다는 것을 도저히 믿을 수가 없었다. 차라리 길바닥에서 '자유롭게' 사는 게 낫지 않을까 하는 생각이 들었을 때, 소울푸드 키친에서 만든 음식을 나누러 테살로니키 곳곳의 노숙인 난민 밀집 지역에 갔던 날이 떠올랐다. 역시나 너무나 축축하고, 더럽고, 아무런 희망도 보이지 않았다. 그곳에서 난민의 삶이란 시설에 수용되거나, 길거리에 방치되거나, 둘 중 하나였다.

내가 독일에서 8유로약 1만 원짜리 비행기로 날아온 그리스에 누군가는 고무보트를 타고 2주 동안 밤낮으로 노를 저어 바다를 건너왔다. 내가 걸어서도 지나갈 수 있는 마케도니아 국경에서 누군가는 스물다섯 번째로 경찰에게 붙잡혀 테살로니키로 돌아가야 했다. 섬뜩한 이야기들은 자꾸만 쌓였고, 사람들은 없던 희망마저 잃어갔다.

누군가는 죽기 살기로 모은 3천 유로약 400만 원를 지불하고 가족들과 한밤중에 브로커의 차를 탔다. 한참을 달려 그들이 내린 곳은 국경 너머가 아닌 그리스 북부의 작은 마을이었고, 브로커는 그들을 길바닥에 남겨둔 채 도망쳤다. 가족 전원은 금방 경찰에게 붙잡혀 테살로니키로 돌려보내졌다. 누군가는 간신히 마케도니아 국경을 넘었으나, 세르비아 국경에서 다시 테살로니키로 돌아가야 했다. 나는 외국인임에도, 그런 일을 겪지 않아도 되었다.

이란에서 온 알리Ali는 소울푸드 키친과 난민 캠프에서 봉사하는, 독일로 향하는 난민이었다. 그는 꿋꿋이 몇십 번의 국경 넘기를 시도했고, 실패했다. 알리는 혼자서 장벽을 피해 깊은 숲속으로 들어가 국경을 찾아 헤매다 29일 동안 아무것도 먹지 못했다는 이야기의 주인공이었다. 한번은 순간의 행복이라도 느껴보자는 취지로 거리의 난민들에게 초콜릿을 나누어주는 프로젝트를 진행하기도 했다. 평소에는 웃으며 아이들과 놀던 그도 난민 캠프에 들어갔다 온 날이면 유난히 어두운 표정이었다.

상당수의 어린아이가 포함된 여러 난민 가족이 간신히 비를 피하며 모여 지내던, 어느 버려진 건물에 경찰이 들이닥친 밤이었다. 경찰은 추위에 떨며 간신히 잠들어 있던 모두를 깨워 그곳에서 쫓아냈다. 알리는 "인간성이란 건 다 어디로 간 거야?"Where is humanity? 하고 울부짖으며, 그 사태를 영상으로 기록했다. 나중에 아야가 알리와 함께 만든 다큐멘터리 〈I wish I was a bird〉내가 새였더라면를 통해, 뒤늦게나마 그런 일이 있었음을 알게 되었다.

영화 속에서 알리는 유럽에 오지 말 걸 그랬다고, 차라리 이 세상에 태어나지 말았어야 했다고 말한다. 반면 그 시절의 나는, 다양한 경험을 통해 새로운 것들을 배울 수 있게 되어서, 그리스에 오길 잘했다고 생각했다. 훗날 나는 그것이 우연을 가장한 나의 지독한 특권이었음을 절실히 깨달았다.

테살로니키 시내 길거리 난민들의 주거 환경

가족에 대하여

　그해 겨울, 그리스 역사상 몇십 년 만의 강추위가 닥쳤다. 견디다 못한 나는 정든 테살로니키를 남겨두고 남쪽으로 떠났다. 아테네에서도 이런저런 비슷한 활동이 벌어지고 있었다. 나는 주로 크호라Khora라는 난민운동 거점 공간을 드나들었다. 음식뿐 아니라 옷과 생필품을 나누는 프리숍을 운영하고, 국경 철폐를 위한 각종 예술활동과 교육을 진행하며, 망명을 위해 실질적으로 필요한 서류 작업과 법적 지원을 돕는 단체였다.

그렇게 몇 주를 보낸 뒤에 배를 타고 그리스 최남단의 섬 크레타로 갔다. 기대했던 만큼 따뜻하지는 않았지만(그해에는 20년 만에 눈이 내렸다) 섬의 분위기가 무척 마음에 들었다. 나는 북서부 해안의 하니아 Chania에서 대부분의 시간을 보내게 되었다.

거기서 마야Maya의 아들 디미트리Dimitri를 만났다. 그는 당시 두 살이었다. 그들의 집에는 이미 다른 카우치서핑 게스트 세 명이 지내고 있었다. 호스트 가족은 방에서, 게스트들은 거실 바닥에서 이불을 깔고 잤다. 어느 날은 아침 여섯 시 즈음 잠에서 깼는데, 디미트리가 내 얼굴을 빤히 내려다보며 서 있는 것이었다. 내가 눈을 뜬 걸 보고 그는 아주 환하게 웃었다. 그렇게 행복해 보일 수가 없었다.

잠시라도 육아에서 해방될 수 있도록 게스트들이 마야를 데리고 크레타 남쪽으로 당일치기 로드트립을 떠난 날이었다. 오후에는 디미트리가 집에 같이 있던 아빠를 졸라 마야에게 전화를 걸고는, 나를 바꿔 달라고 했다. 내가 전화기를 건네받자마자 디미트리가 세 번이나 반복해서 말했다. "하루, 사랑해, 보고 싶어."Haru, I love you. I miss you. 하루 종일 날 기다렸다던 그는 막상 내가 저녁에 집에 들어가자 수줍은지 별 말도 못 하면서 내 옆에 꼭 붙어 다녔다.

디미트리는 그토록 아무런 두려움 없이 나에게 사랑하는 마음을 온전히 표현해냈던 사람이 여태껏 있었는지 돌아보게 했다. 함께 밥을 먹을 때마다 본인이 제일 맛있다고 생각하는 음식을 내게 덜어주고, 산책할 때에는 두리번거리며 주운 것들로 예쁜 꽃다발을 만들어주었다. 그는 누구보다 내 두 눈을 똑바로 들여다보는 사람이었다.

일주일쯤 후 내가 그의 집을 떠나던 날, 칭얼대는 디미트리에게 마야는 한참이나 그 상황을 설명해주어야 했다. 자유의지를 발휘할 수 없는, 사랑에 빠진 한 아이를 두고 떠난다는 것이 무척 잔인하게 느껴졌다.

2년 후 그를 캐나다 몬트리올에서 다시 만났을 때에는, 세상에서 가장 이상적으로 보이던 한 가정이 해체된 뒤였다. 이혼 후 디미트리를 데리고 고향인 캐나다로 돌아간 마야를 국제유괴범으로 고소한 전 남편 때문에 마야는 일 년째 골머리를 앓고 있었다. 디미트리는 완전히 다른 사람처럼 어두운 기운을 풍겼다. 그래도 그는 나의 존재뿐 아니라, 사랑하던 마음까지도

디미트리와 함께 아보카도를 무우러 가는 길

금세 기억해냈다. 그가 나를 바라보며 또다시 감출 수 없는 웃음을 지었을 때, 나는 그를 진심으로 내 가족으로 받아들였다. 말하자면 아들이 하나 생긴 셈이다.

크레타 이후에는 근처의 섬나라 사이프러스를 거쳐 이스라엘로 이동했다. 거기서 히치하이킹을 하다가 레브Itzik Lev를 만났다. 예루살렘에서 사해로 가는 길이었다. 내가 서 있던 도로는 아무래도 차를 세우기 어려워 보여서 신호를 딱 한 번만 더 기다려보고 다른 곳으로 이동하려던 참이었다. 그때, 마른 세이지 향을 은은히 풍기며, 그의 차가 멈춰 섰다.

레브는 내가 가려던 해변에서 이십 킬로미터 정도 떨어진 키부츠 엔게디Ein Gedi로 향하고 있었다. 이야기를 나누다 보니 재미있어서, 본래의 계획을 바꾸어(사실 별다른 계획도 없었다) 그를 따라갔다. 엔게디는 중앙에 커다란 바오바브나무가 있고 마을 전체가 식물원으로 지정된, 말 그대로 사막 위의 오아시스였다. 다음 날 아침 레브가 어디로 가고 싶은지 묻길래 농담 삼아 이집트의 시나이Sinai반도를 언급했더니, 그는 아무런 동요도 없이 "노 프라블럼"문제 없지이라 대답했다. 그렇게 우리는 이집트를 향해 떠났다.

레브는 이십 대부터 시작해 이미 사십 년 넘게 떠돌이 생활을 하고 있었다. 집이 없었지만, 어딜 가도 수많은 친구들에게 엄청난 환대를 받았기에 실은 누구보다 집이 많은 사람이었다. 그와 함께 여러 흥미로운 공동체를 방문하고, 사막에서 불을 피워 차와 죽을 끓이고, 삽으로 구덩이를 파서 화장실을 만들고, 강가에서 몸을 씻었다. 시나이반도에 가서는 매일 함께 수영과 요가를 하고, 숨 쉬는 법breathing technique도 새로 배웠다.

그렇게 생존의 기본이 되는 기술을 차근차근 배워가면서, 노마드nomad, 유목민적 삶을 공유하고 함께 살아가면서, 나는 그를 실제 아빠로 여기게 되었다. 내가 처음 그를 파파, 하고 불렀을 때, 그는 여느 때처럼 노 프라블럼, 이라고 답하듯 디미트리와 같은 눈빛으로 날 보며 온화한 미소를 지었다.

나중에 알고 보니 그에게는 혈연관계의 아들 한 명을 포함해 자식이 여럿 있었다. 처음에는 살짝 당황스러웠지만, 금세 그들과도 특별한 가족애를 나눌 수 있게 되었다. 돌이켜보면 나에게도 이미 러시아, 사미, 스웨덴, 이탈리아에 엄마와 아빠가 일곱 명이나 더 있었다(나중에 캐나다 엄마가 추가되었다). 파파와 내가

파파와 시나이 반도에서

이렇게 복잡한 가족관계를 이루고 있다는 걸 인지하고 나니, 얼마 전 한 친구가 말해준 북미 원주민의 공동육아 이야기가 떠올랐다.

어떤 부족은 아이들에게 혈연관계의 부모가 누군지 알려주지 않는다고 한다. 숨기려는 게 아니라, 별로 중요하게 여기지 않기 때문이다. 아이들은 마음이 통하는 보호자와 함께 자란다. 그런 세상에서는 굳이 여성인 엄마와 남성인 아빠 한 쌍이 있어야 할 이유도, 아이를 낳지 않는 것을 이상하게 여기는 시선도 없을 것이다.

나는 그 편이 훨씬 더 자연스러워 보이기 시작했다. 내가 자라온 세상은 '정상적'인 가족 형태 한 가지만을 제시하고 그 안에 모두를 억지로 끼워 맞추고 있었다. 무작위로 주어진 혈연가족이라는 좁은 관계 안에서 아등바등하며 어쩔 수 없이—심지어는 간혹 신체적·정신적 폭력이 낭자함에도 불구하고—서로를 사랑하려 노력할 필요가 없는, 그저 사랑에 빠진 사람들끼리 자유롭게 새로운 가족관계를 맺는 사회를 상상해본다. 아마 인생이 놀라우리만치 수월해지지 않을까.

방랑의 기술

크레타섬에서 지내던 시절, 길거리 음악가 발렌틴 Valentine을 만났다. 그는 오래된 주황색 밴 내부에 대나무로 이층침대를 짓고 부엌을 만들어 집으로 개조한 뒤 장고Jango라는 작은 개와 함께 살았다. 평소에는 근처 올리브나무 숲에서 지내다가, 주말마다 이라클리온Heraklion 시내에서 바이올린 연주로 생활비를 벌며 겨울을 나고 있었다.

독일 국적을 가진 그는 유럽 어디에서나 아무런 제한 없이 지내며, 원한다면 합법적으로 돈을 벌 수도 있었다. 그와는 달리 나는 그를 만난 지 일주일 만에 체류 기간 연장을 위해 유럽(솅겐 지역) 바깥으로 나가야만 하는 상황이었다. 그렇게 혼자서 그리스를 떠나 사이프러스와 이스라엘에 갔다가, 두어 달 후 화창한 봄날 불가리아에서 그를 다시 만났다. 우리는 세르비아, 헝가리, 슬로바키아, 체코를 지나 독일까지 한 달간 함께 여행했다.

독일에 도착한 발렌틴과 나는 몸베Mombé 일행에 합류했다. 몸베는 평소에 각자 세계를 떠돌아다니던 멤버들이 여름마다 유럽에 모여 버스킹 투어를 다니는 프로젝트 밴드였다. 브라질, 볼리비아, 폴란드, 스페인, 독일 출신 음악가들이 기타, 콘트라베이스, 카혼, 색소폰, 바이올린으로 남미 집시재즈 음악을 연주하고 노래했다. 발렌틴은 3년째 그 밴드와 함께하고 있었다.

우리는 안에서 잘 수 있도록 개조된 빨간색, 주황색, 파란색 승합차 세 대에 나눠 타고 독일의 여러 도시와 슬로베니아 일대, 이탈리아 북부를 누볐다. 나는 중간중간 일행에서 떨어져 나와 스위스, 오스트리아

등 근처 이웃 나라나 지역에 잠깐씩 친구들을 만나러 다녀오곤 했다. 그럴 때마다 발렌틴과 장고, 그리고 너무나 아름다운 선율이 기다리는, 움직이는 작은 집으로 돌아갈 수 있다는 것이 기쁘고 감사했다.

그렇게 사는 게—물론 집이 없는 것보단 훨씬 편했지만—마냥 쉬운 일은 아니었다. 화장실과 샤워할 곳(주로 강가나 호수에서 씻었다), 코인 세탁소를 찾아 전전하며, 그 어느 때보다 비위생적인 환경에 적응해야 했다. 독일 남부로 향하면서 비교적 부유한 지역의 경계에 들어서자, 우리를 수상하게 여긴 경찰이 차를 세워 '온 집 안'을 뒤지고 간 적도 있었다. 어느 날은 멀쩡히 합법적인 구역에 주차하고 낮잠을 자는데, 차에서 자는 건 불법이라며 벌금 50유로약 7만 원가 부과됐다. 우리가 경찰에게 이유를 따져 묻자, '부랑자 방지법' 때문이라는 황당한 답변이 돌아왔다.

새로운 도시로 이동하면, 우리는 버스킹을 할 시내와 멀지 않으면서도 한적한 호숫가나 강변을 찾아 자리를 잡았다. 그러면 그곳은 짧게는 하루, 길게는 일주일간 우리의 앞마당이 되었다. 저녁식사는 주로 차 안에서 요리해 마당에 접이식 테이블을 펼쳐놓고

발렌틴과 장고와 내가 살던 집

나누어 먹었다. 간혹 지인이 많이 살고 있는 도시에 방문하면, 서너 팀으로 갈라져 각자 친구 집에서 머물기도 했다.

몸베와 함께 지내며 내가 얼마나 성질이 급한 사람인지를 실감했다. 특히 남미와 스페인에서 온 멤버들은 느긋함이 몸에 배어 있었다. 누군가 버스킹 하러 가자는 말을 꺼내고 모두가 동의하고 나서, 막상 연주를 시작하기까지는 기본 세 시간에서 여섯 시간이 걸렸다. 거기다 버스킹 장소를 정하느라 길바닥에서 악기를 짊어지고 우왕좌왕하는 일이 잦아, 초기에는 많은 것들이 답답하고 시간낭비처럼 느껴졌다.

나는 별 수 없이 그 '낭비된' 시간에 동참하며 모든 걸 묵묵히 영상으로 기록했다. 그 과정에서 그들이 시간과 동선을 절약하여 일할 때 일하고 휴식시간을 최대로 확보하는 것—내가 효율적이라고 생각하는 방식—에는 별 관심이 없고, 그저 매 순간을 즐기며 살아가고 있다는 걸 알게 되었다.

그들의 수입은 너무나 불안정했다. 어떤 날은 네 명이서 두어 시간 만에 2천 유로약 260만 원를 벌기도 했고(딱 한 번 있었던 특별한 경우로, 독일의 어느 스트릿 뮤직 페스티벌에서 백여 명의 관중이 무더기로 CD를 구매했다), 어떤 날은 멤버 전체가 참여해 무척 훌륭한 공연을 펼쳤음에도 20유로^{약 2만 6천 원}도 채 모이지 않았다.

그렇지만 자신들이 얼마를 벌었는지에 대해서는 누구도 그다지 신경 쓰지 않는 것 같았다. 그저 아름다운 거리, 분위기 좋은 페스티벌, 길에서 만난 새로운 인연, 그날그날 사 먹을 길거리 음식과 더 멋진 자연을 찾아 집을 이동할 기름값이면 충분했다. 그들은 여름에 투어를 돌아 번 돈으로 나머지 한 해를 '여유 있게' 산다고 말했다.

몸베와의 여정을 통해, 일하기 싫다고 해서 평생 돈 쓰지 않을 궁리만 하며 '찌질하게' 살 필요는 없다는 걸 비로소 알게 되었다. 하고 싶은 일을 하고 싶은 만큼만 하면서, 돈이 들어오는 규모에 맞춰 하루하루를 꾸려나가면 되는 것이다. 나는 간혹 몸베의 라이브 퍼포먼스 한 곡 전체를 촬영하고 30유로^{약 4만 원} 정도의 사례비를 받아(내가 영상작업을 통해 얻은 최초의 수입이었다) 발렌틴과의 살림에 보태기도 했다. 그렇게 밴에서 살아간 세 달 동안은 매일 무거운 배낭을 짊어지고 잘 곳을 찾아다닐 필요가 없었다.

그로부터 4개월 뒤에, 몸베의 삶과 그들의 음악이

몸베 밴드 멤버들(왼쪽부터 다렉, 발렌틴, 나탈리아, 미겔, 파블로, 발데스)과 장고

담긴 나의 첫 장편 다큐멘터리 〈Bem vindo a Lua〉 달나라에 온 것을 환영합니다를 완성했다. 그 이후로 나는 스스로를 필름메이커라고 소개할 수 있게 되었다.

폭력에 대하여

개인 연습과 합주, 버스킹 이외의 시간에 발렌틴
과 나는 주로 책을 읽거나 장고와 산책을 했다. 근처에
강이나 호수가 있을 땐 수영도 했다. 그리고 일주일에
두세 번은 자기 전에 노트북으로 영화를 봤다.

〈액트 오브 킬링〉The Act of Killing, 인도네시아판 원제는 Jagal, 도
살자을 함께 본 어느 밤이었다. 1965년 인도네시아 군
부독재 시대에, 군부에 저항하는 사람들이 '공산주의

자'로 몰려 불과 일 년 만에 백만 명 넘게 살해되었다. 군은 불법 무장단체와 프레만Freeman, 자유인이라는 폭력조직을 학살에 동원했다. 조슈아 오펜하이머Joshua Oppenheimer 감독은 그 당시 탈취한 부와 권력으로 거들먹거리며 살고 있는 주요 집행자—살인자—들을 찾아가 그 시절을 재연하는 영화를 함께 만들자고 제안한다. 그러나 감독의 실제 의도는 영화를 제작하는 과정을 기록하는 것이었다.

주인공으로 발탁된 프레만의 두목 안와르Anwar Congo는 먼저, 사람이 많이 죽었다는 '사무실'로 촬영진을 안내한다. 처음에는 공산주의자들을 때려죽였는데 그러면 바닥에 피가 고여 비린내가 많이 난다며, 어떻게 피가 나지 않게 죽였는지를 설명하고 그때 사용한 도구를 보여준다. 그는 그런 걸 잊기 위해 춤을 많이 췄다고 말하며, 카메라 앞에서 춤을 춘다.

인도네시아에서 가장 큰 불법 무장단체 중 하나이자 학살의 주역이었던 판차실라 청년회의 지도자들, 학살을 도왔던 신문 발행인, 주지사, 국회의원, 폭력배 간부도 등장해 그 시절을 회상하고 재연한다. 그들의 당당한 모습 뒤에 감춰진 죄의식과 불안이 슬며시 비칠 때마다 긴장되고 불편한 마음에 몸이 움찔거렸다.

하지만 무엇보다도 나를 불편하게 만든 건 누가 몇 명을 어떻게 죽였느냐는 이야기들이 아니라, 악마로 그려져야 할 살인자들에게서 발견되는 너무나 '인간적'인 모습이었다. 감독은 작정한 듯이 안와르의 순수하고, 무지하며, 고통에 민감하게 반응하는 장면을 포착한다. 이를테면 안와르는 자신의 손자들이 새끼 오리를 괴롭히지 못하도록 저지하고, 다리가 부러진 오리를 정성껏 돌봐준다. 천여 명의 공산주의자를 학살한 것을 자랑거리로 삼는 동시에 그는 시종일관 귀신, 악몽, 저주, 카르마, 신이 내리는 벌 따위를 무서워하는 '나약한' 모습을 보인다. 주변 사람들은 그에게 "너무 민감하게 반응할 것 없다, 마음이 약해져서 그렇다, 단순한 신경장애니 병원에 가봐라, 생각을 너무 많이 하면 좋을 거 없다"라고 조언한다.

집행자들은 죄책감을 덜어낼 방법을 찾으면서, 도덕관념은 상대적이기 때문에 어떻게 생각하면 '그 일'은 잘못이 아니라고도 말한다. 안와르의 '동료 학살자' 아디 줄카드리Adi Zulkadry는, 전쟁 범죄는 승자들이 규정하는 것인데 본인은 승자이기 때문에 스스로 규정할 수 있다면서, 좋지 않은 진실도 있기에 진실을 다 알아낸다고 좋은 게 아니라 말한다.

─ 하지만 수백만 명의 유족에게는 진실이 밝혀지면 좋은 거잖아요.

─ 그래요. 그럼 처음부터 따져요. 카인과 아벨부터. 왜 꼭 공산당 학살에만 집중하는 거죠? 미국인은 원주민들을 죽였는데 누가 처벌됐나요?

판차실라 청년회에 공산주의자를 몰살하고 마을을 불태워버리라고 명령하는 장면의 촬영 현장을 찾은 청년체육부 차관 사크얀 아스마라Sakhyan Asmara는, 조슈아와 촬영 팀에게 이렇게 당부한다.

─ 방금 우리가 보여준 것이 우리 조직의 특징은 아닙니다. 우리는 잔인하게 보이면 안 돼요. 사람들의 피라도 마실 것처럼 말이죠. 그럼 우리 판차실라의 이미지가 나쁘게 보일 위험이 있습니다. 물론 우리는 공산당을 몰살해야 하지만 보다 인도적인 방법으로 해야 합니다.

그 말에 나는 뒤통수를 한 대 얻어맞은 기분이었다. 독일에서 난민운동을 하는 친구 소피Soppie와 함께 환경 관련 다큐멘터리를 보러 간 적이 있다. 닭들이 컨베이어 벨트에 거꾸로 매달려 지나가는 장면이 짧게 들어가 있었다. 영화가 끝나고 소피는 바로 그 장면을 언급하며 비건이 되어야겠다고 말했다. 치킨이 생산되는 과정을 본 소피가 왜 하필 그런 이야기를 하는 건지 어리둥절해하면서, 나는 이렇게 말했다.

— 인도적으로 죽이면 되잖아.

과거의 나와 사크얀의 대사가 겹쳐진 그 순간, 머릿속에 도살장의 광경이 펼쳐졌다. 컨베이어 벨트의 끝에서 기다리고 있던 칼날에 닭들의 모가지가 반쯤 잘려 대롱거렸다. 바닥에는 끈적하고 검붉은 피가 흥건했다. 그 장면이 실제로 영화 속에 있었는지, 내 상상 속에서 진행되어버린 것인지 헷갈렸다. 내가 그런 낯선 이미지를 스스로 떠올렸다는 게 진심으로 당황스러웠다. 쫓기고 짓밟히고 집이 불태워진, 공산당 마을의 대학살 재연에 동원된 아이들은 촬영이 끝난 후에도 터져 나온 울음을 멈출 줄을 몰랐다.

영화가 끝나고 발렌틴에게 치부를 고백하듯 조심스레 털어놓았다.

— 왠지… 도살장에서 죽임을 당하는 동물들이 떠올랐어.

— 그래? 나는 힘을 가진 자는 자신의 위치에서 뭐든 해도 된다고 생각해. 그걸 통제하려는 것 자체가 자유를 억압하는 거잖아. 어차피 모두가 평등할 수는 없으니까.

내가 그랬던 것처럼 발렌틴 역시 안와르, 아디 등 학살자들이 했던 말과 흡사한 언어를 구사했다. 그 말이, 국경이 없으면 세계의 질서가 무너질 거라는 말, 이슬람계 난민들 때문에 스웨덴의 문화가 파괴되고 있다는 말, 장애인과 노숙인 복지를 위한 세금이 너무 높게 책정되어 있다는 말과 겹쳐져 들렸다. 아시아는 굳이 존재할 필요 없는 세상의 변두리라는 이야기도 떠올랐다. 모두 소중한 내 친구들이 한 말이었다. 돌이켜보니 그들은 모두 백인 남성이었다.

'자유인' 프레만들은 시장에 가서 중국 상인들의 돈을 빼앗고, 불태우러 간 마을에서 만난 '모든 예쁜 여자'에게 강제로 '자유의지'를 행사했다. 내가 생각하는 자유는 적어도, 열세 살 소녀를 겁탈한 경험을 지상낙원이었다고 회상하며 음흉하게 미소 짓는 프레만의 얼굴과는 달랐고, 반드시 달라야만 했다.

공산주의자의, 여성의, 난민의, 장애인의, 그리고 도살장에 매달린 닭의 자유는 어째서 자유라는 이름으로 취급조차 되지 않는 걸까. 내가 스스로를 자유인이라고 여기기까지, 보이지 않는 곳에서 대체 어떤 일들이 벌어지고 있었던 걸까. 그날 밤에는 잠자리에 누워 유난히 오래 뒤척였다. 누군가가 나뭇가지를 잘라내자 거기서 피가 뿜어져 나오는 꿈을 꿨다. 알고 보니 그것은 나뭇가지가 아니라 핀란드에서 나와 함께 북부 해안을 향해 걷던 순록의 뿔이었다. 끔벅이던 그의 눈이 동작을 멈춘 순간, 나는 심장이 덜컥 내려앉는 느낌에 잠에서 깼다. 나의 사미 가족이 소유하고 있다던 삼천 마리의 순록들이 그 집으로 돌아가지 않았으면 좋겠다고 생각했다. 그들이 아직 죽지 않았으면 좋겠다고, 언젠가 그들을 먹었던 내가 생각했다.

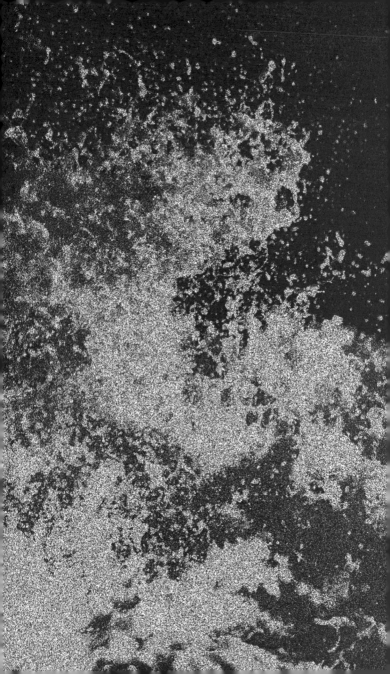

3장

어떤 길들은 다른 길들보다
더

연결의 기술

여름 투어가 끝나고 몸베의 멤버들은 추위를 대비해 '각자의 남쪽'으로 흩어졌다. 오랜만에 혼자가 된 나는 유러피언 레인보우 개더링European Rainbow Gathering으로 향했다. 그 '모임'의 존재에 대해 처음 들은 건 2년 전 호주 멜버른의 크런치타운에서였다. 그 이후로 개더링 소식이 들릴 때마다 가보려고 여러 차례 시도했으나 가는 길이 보통 험난한 게 아니었다. 몇 번을 포기하고 미루다가 마침내 지난 봄 파파의 차에 실려 처음 가본 것이 이스라엘 개더링이었고, 앞으로 어디서든 개더링이 열린다면 게으름 피울 일이 아니라는 걸, 기회가 있을 때마다 그곳에 가기 위해 최선을 다해야 한다는 걸 알게 되었다.

레인보우 개더링은 현대사회의 도시 문명에서 잠시 벗어나, 달이 차올랐다가 소멸하는 주기를 따라 한 달간 자연에 파묻혀 지내며 삶을 기념하고 축복하는 기간이라고 할 수 있다. 그중 유러피언 개더링은 일 년에 한 번씩 여름마다 열리며, 장소는 매번 다르다. 그 밖에 월드 레인보우 개더링, 아시안 개더링, 발칸 개더링 등 대륙 단위뿐만 아니라, 알바니아, 조지아, 인도, 아르헨티나 등 전 세계 어딘가에서, 크고 작은 레인보우 세계가 지금도 끊임없이 이어지고 있다.

이번 2017년 유러피언 개더링이 열리는 장소는 이탈리아 북부 우디네Udine 근교의 아주 작고 외딴 마을에서 최소 예닐곱 시간은 걸어 올라가야 하는 산꼭대기였다. 마을에 닿으니 이미 날이 저물어 다음 날 아침 산에 오르려는, 혹은 산에서 막 내려왔는데 잠시 쉬어가고픈 몇백 명이 모여 지내며 또 다른 개더링을 이루고 있었다.

오래된 허리 지병을 앓고 있는 나는 다행히 음식을 나르는 비포장도로로, 등산이 어려운 다른 사람들과 함께 차를 타고 이동할 수 있었다. 가파른 산 중턱에서 내려, 산봉우리를 아주 천천히 두 시간 정도 오르고, 다시 한 시간 즈음 내려가자 거대한 분지가 서서히 모습을 드러냈다.

그 안에는 완전히 새로운 차원의 세계가 펼쳐져 있었다. 어릴 적 좋아하던 RPG게임 속에 들어온 것 같았다. 벌거벗은, 혹은 풀떼기나 천을 대충 걸치고 있는 사람들, 나뭇가지와 이파리를 엮어 지은 움막들, 알록달록한 텐트와 해먹, 곳곳의 작은 모닥불에서 피어오르는 연기들… 그리고 나와 눈이 마주친 모두의 인사 'Welcome Home!'을 들으니, 먼 길을 헤매다 비로소 집으로 돌아왔다는 생각에 눈물이 왈칵 쏟아져 나왔다.

개더링에서는 트라이브tribe, 즉 부족의 의미를 담아 서로를 '레인보우 패밀리'로 지칭한다. 낯선 사람 사이에서 브라더, 시스터라는 호칭이 오가고(그 시점부터는 서로가 낯설지 않다), "우리는 모두 연결되어 있다"라거나 "우리는 하나"라는 노랫말이 여기저기서 끊임없이 들려왔다.

온 동네 사람들이 행복에 겨워 울거나 웃고 있고, 온종일 음악이 흘러나오는 덕에 개더링은 마치 페스티벌처럼 보이기도 한다. 그렇지만 여느 페스티벌과 확연히 다른 건 레인보우 내에 화폐, 전기, 그리고 '고기'가 통용되지 않는다는 점이다. 문명세계에서 흔하다 못해 주요한 이 세 가지 요소가 존재하지 않는다는 게 어떤 의미이며 얼마나 특별한 기운을 선사하는지는, 도시에서 자란 '문명인'인 나로서는 전혀 상상할 수 없는 영역이었다.

매끼 식사 후 매직햇Magic Hat에 형편이 되는 만큼 무언가를 넣는 것(금전적·물질적 후원뿐 아니라 감사와 축복의 마음도 나눈다) 외에, 개더링 내에서는 구매나 판매, 교환이라는 개념 자체가 없다. 직접 만든 장신구나 옷, 가방, 그리고 산속에서 사는 데 필요한 텐트, 침낭, 타프, 방수천, 담요 등이 누군가에 의해 선물로 전달될 뿐이다. 모두가 절실히 필요한 것만을 구하고, 웬만한 물건은 짐이 되기에 베풀고 나누는 문화가 자연스럽게 정착된 것이다.

개더링에서는 다양한 워크숍을 통해 수많은 기술을 배울 수도, 나눌 수도 있다. 이 과정에도 돈이라는 매개는 불필요하며, 모든 것이 자발적이고 즉흥적으로 이루어진다. 나는 여러 개더링을 다니며 매듭 만들기, 최면술, 점성술, 불 피우기, 나무 오르기, 마사지, 아크로 요가 등을 배웠고, 손바느질로 자투리 천을 활용한 생리대 만드는 방법과 간단한 호신술을 가르쳤다. 워크숍에 따로 참여하지 않더라도 그곳은 정말이지 배울 것 투성이었다. 특히 음악이 흘러나오는 서클circle, 둥글게 모여 있는 무리을 찾아다니며 젬베, 다르부카 Darbuka, 중동 지역의 타악기, 톰박Tombak, 이란의 대표적인 타악기 등을 두드려보며 리듬을 익힌 일은, 추후에 음악을 만들게 된 나에게 큰 도움이 되었다.

해가 산봉우리 뒤로 넘어가면 칠흑 같은 어둠이 성큼성큼 닥쳐왔다. 그 속도에 맞추어 묵직한 잠 기운이 몰려들었다. 형광등 없는 세상이 문득 새삼스러웠다. 내가 살던 고등학교 기숙사에서는 밤 12시 소등과 아침 6시 점등으로 학생들의 수면 패턴을 엄격히 통제했다. 이곳에는 몸을 녹이거나 차를 끓여 마실 정도의 모닥불 불빛만이 여기저기 은은하게 자리 잡고 있었다. 시계나 핸드폰을 들여다보는 사람도 없었다. 그대신 우리는 쏟아지는 은하수를 바라봤다. 차오르는 달을 맞이하고 떠나보냈다. 달 뜨는 시간이 매일 50분쯤 늦어진다는 걸 배우고 몸으로 실감하며 시간과 날짜를 가늠했다. 보름달이 떠오르던 날은, 다 함께 늑대 울음소리를 닮은 환호성을 질렀다.

새벽 어스름에 눈을 뜨고 텐트에서 나오면 청량한 공기에 정신이 번쩍 들었다. 기지개를 켜고 계곡으로 내려가 세수를 하다 보면 어느새 햇살이 온몸을 어루만졌다. 그렇게 밤새 굳어 있던 몸에 온기가 돌아오면, 차디차고 투명한 계곡물에 뛰어들었다. 그 안에 훤히 들여다보이는 내 벌거벗은 몸뚱이는 그저, 자연의 일부였다.

우리를 감싸 안는 사방의 높은 산과 그 사이 조각처럼 끼어 있는 무척이나 새파란 하늘을 올려다보고, 바위틈에서 솟아나 계곡으로 흐르는 믿을 수 없이 깨끗한 물을 마시며, 문득 살아 있다는 것이 저주나 악몽이 아니라 내게 주어진 선물이라는 생각이 들었다. 처음으로, 그리고 진심으로 나의 존재와 삶이 소중하게 느껴졌다.

자연뿐 아니라 그곳에서 함께 살아가는 레인보우 패밀리 덕에, 그런 감각은 순간의 감동이 아닌 실질적인 기억으로 새겨질 수 있었다. 그들은 나라는 한 인간을 있는 그대로 바라보며 존중했다. 심장의 진동이 생생하게 느껴지는 깊은 포옹을 나누며, 처음에는 어색하기만 했던 '시스터'나 '브라더' 등 레인보우 세상의 호칭을 가슴으로 이해하게 되었다. 외모나—벌거벗은—몸매, 국적이나 나이로 누군가를 판단하는 시선이나 발언 대신, 사랑과 우정에 기반한 진실된 눈빛과 대화가 오갔다.

그곳에서는 무엇보다 매 순간 나 자신의 고유한 본능과 욕구를 파악하고 이에 충실하게 살아갈 수 있었다. 이를테면 어떤 이들은 외딴곳에 텐트를 치고 본인의 구역을 꾸미고 가꾸며 누군가를 초대하는 걸 좋아했고, 어떤 이들은 그 작은 세계 안에서마저 노마드 생활을 했다. 나는 누구보다 심각한 두 번째 타입으로, 매일 밤 다른 공간으로 옮겨 다니며 자는 것이 가장 편안했다.

레인보우 개더링의 주요 일정은 하루 두 번, 점심과 저녁 식사를 함께하는 푸드서클Food Circle이다. 요리를 마친 부엌에서 "푸드서클!"이라 외치면, 서로가 메아리처럼 그 신호를 전한다. 사람들은 하나둘 모여 손을 맞잡고 메인파이어Main Fire라고 불리는 중앙의 커다란 모닥불을 둘러싸며 원을 만들고, 공동체의 일원으

로서 각자의 목소리와 마음을 보태어 일용할 양식을
축복하는 노래를 부른다.

내가 머물던 시기에는 그곳에 2천 명이 넘게 살고
있었다. 그 인원이 푸드서클로 모이자 어마어마하게
거대한 원이 안팎으로 세 개나 만들어졌다. 한마음 한
뜻으로 부르는 노래가 숲속 가득 울려퍼졌다. 한참 후
노래가 끝나고 대열 그대로 자리에 앉자, 또 한참 후
에 아주 커다란 냄비를 든 사람들이 질서정연하게 지
나다니며 배식을 했다. 그 많은 사람들이 어떻게든 음
식을 거의 비슷한 양으로 동등하게 나누어 먹는 모습
은 실로 경이로웠다. 인원이 급격히 늘어 음식이 부족
한 날에는 부족한 대로 굶주렸지만, 함께라는 마음에
버틸 수 있었고, 누구도 불평하지 않았다.

최초의 레인보우 개더링은 1972년 미국 콜로라도
주에서 열렸다(무려 2만 명이 넘게 모였다고 한다). 첫
번째 개더링의 푸드서클에서 조리와 분배의 편리함과
간소함, 식중독 예방, 그리고 위생적·윤리적·영적 이
유로 동물을—그들의 젖과 알을 포함하여—식재료로
사용하는 것을 금했고, 이는 오늘날까지도 엄격하게
이어져오는 전통이다.

숲속에서 매일 맛있고 다양한 음식을 수많은 이

들과 함께 먹으며, 동물성 식품 역시—화폐나 전기처럼—반드시 필요한 것은 아니라는 생각이 비로소 들었다. 여태껏 너무도 당연하게 일상 속 깊숙이 자리 잡고 있던 '그것들'이 없는 세상을 경험해볼 수 있음에 감사했다. 나는 정말 운이 좋은 사람이었다. 나에게 선택권이 주어진 것이다.

레인보우 세상에는 십몇 년, 혹은 몇십 년간 고기를 먹은 적 없다는 사람들이 멀쩡히—심지어 건강하게—살아 있었다. 실은 이미 호주의 크런치타운, 그리스의 소울푸드 키친 등 여러 공동체에서 그런 친구들을 수없이 만나봤다. 그들이 말해준 사회 불평등, 기후 재앙, 기아 문제와 축산업 체계의 연관성에 관한, 무심코 흘려보냈던 수많은 정보들이 머릿속에서 서서히 되살아났다. 내가 여태껏—뭔가에 홀린 듯—그들의 말을 듣지 않으려 했음을 깨달았다.

몸베와 다닐 때도 실은 보컬 나탈리아Natália와 기타리스트 미겔Miguel이 고기를 먹지 않는 바람에 주로 채식 기반의 식사를 해야 했다. 미겔은 고기에서 풍기는 기운이 어둡고 공격적aggressive이라 먹고 싶지 않다고 말했다. 그때는 지나치게 예민하고 영성spirituality에 심취한 사람이라 여기며 간단히 무시해버렸던 그의 말이, 뒤늦게 무게감 있게 다가왔다. 아마 고기(동물)들 역시 영화 〈액트 오브 킬링〉에서 재연된 사회주의자 학살 장면에서처럼 두려움과 고통 속에 무참히 살해되었을 거라 생각하니, 그들의 살에 좋은 기운이 남아 있을 리 없다는 게 충분히 납득되었다. 그런 몸의 조각을 내 몸 안에 집어넣는다는 행위가, 놀랍게도, 갑자기 조금 께름칙하게 느껴지기 시작했다.

방관자들

그해 겨울에는 유럽 최남단의 섬인 스페인령 카나리아 제도Canary Islands에서 열린 레인보우 개더링에 갔다. 라 고메라La Gomera라는 작은 섬의 어느 해변에 3백여 명이 모였다. 장소가 협소해 지난 유러피언 개더링에 비해 인구 밀도가 높고 신체 접촉이 잦았다. 산이 아닌 바닷가인 데다 날씨도 워낙 따뜻하고 맑아서 벌거벗은 몸이 유독 많이 보였다. 거센 파도와 바람이

어우러져 전체적으로 강렬한 분위기이기도 했다.

어느 날은 식사 중에 누군가 푸드서클 가운데로 나와 무언가를 격렬하게 호소하기 시작했다. 듣자 하니 다리우스Darius라는 브라더가 개더링 초기부터 지속적으로 여성들을 추행해 여태까지 적어도 열네 명의 레인보우 시스터가 개더링을 떠났다는 내용이었다. 제보자는 이에 대해 적절한 대책을 세울 인원을 모집한다고 말했다. 그 말이 끝나기 무섭게 몇몇 패밀리가 그를 가로막으며 이렇게 주장했다.

— 다리우스도 우리 가족 구성원 중 한 명이다.
— 우리에게 옳고 그름을 판단할 권리는 없다.
— 공개적으로 한 사람을 가해자로 몰아가는 대신 진위 여부를 정확히 파악하고 개인적인 차원에서 해결해야 한다.
— 분노로 대응하지 말고 사랑과 평화로 보듬어야 한다.

그들은 화내지 말고 진정하라며, 왜 그리 공격적으로 반응하냐는 말로 제보자의 행동을 저지하려 했다. 내가 개더링에 도착하기 전부터 오래도록 이어져

온 논의 같았다. 제보자와 몇몇 연대자들은 이렇게 외쳤다.

— 피해자가 늘어나는 것을 더는 보고만 있을 수 없다.

— 개더링을 떠나야 하는 것은 피해자가 아니라 가해자다.

— 피해가 발생할 수 있는 환경 자체를 근본적으로 변화시켜야 한다.

내가 보기에도 여럿이서 가해자 한 명을 쫓아내려고 하는 그들의 단호한 모습은 꽤나 공격적이었다. 저들이 주장하는 '폭력'은 이미 개더링 내에서 일상적인 수준으로 굳어져 아무도 신경 쓰지 않는 종류의 것인 듯했다. 그런 상황에서 무리하게 변화를 꾀하려는 사람들은, 쓸데없이 진지하고 축제 분위기를 흐린다는 비난을 감수해야 한다는 것은 나도 여러 경험을 통해 익히 알고 있었다.

산 넘고 물 건너 먼 길을 힘들게 들어온 자연 속에서 굳이 두 편으로 갈라져 싸우는 사람들을 이해하기 어려웠다. 대치 상황을 바라보는 것조차 피곤해, 오히려 그들이 피해를 끼치고 있다고 느껴졌다. 그렇잖아도 개더링에서는 은근히 할 일이 많았다. 매일 아침 바다수영도 해야 하고, 다양한 워크숍에도 가야 하고, 전 세계에서 온 새로운 친구들을 사귀어야 했다. 아직 가보지 못한 숲길도 거닐고 싶었다.

그런 개인적인 볼일 외에도, 몇백 명의 패밀리를 먹일 식재료를 구해 오는 '푸드 미션'Food Mission, 주방에서 봉사하는 '헬프 인더 키친'Help in the Kitchen, 개더링 중앙의 모닥불을 24시간 피워놓기 위해 땔감을 주워 오는 '우드 미션'Wood Mission 등 여러 '업무'가 있었다. 물론 **바빌론**Babylon, 레인보우 개더링을 벗어난 바깥세상을 뜻하는 은어에 비할 바는 아니지만 각자 나름대로 바쁜 일정이 있었기에, 모두에게 자유시간이 절실하고 소중했다. 그때 나를 포함한 '보통 사람'들은 아마 이런 생각을 갖고 있었을 것이다.

— 피해자가 직접 나서서 얘기하기 전까지는 한쪽의 의견에 휩쓸리지 말고 중립을 지켜야 한다.
— 가해자와 이야기를 나눈 적이 있는데, 쫓아내야 할 정도로 이상한 사람은 아닌 것 같다.
— 왜 굳이 남의 일에 참견이지? 저럴 시간에 낮잠

이나 자겠다.

당시 사건을 해결하고자 하는 사람들(이하, 활동가들) 10여 명과, 그들의 행동을 적극적으로 막으려는 사람들(이하, 평화 수호자들) 20여 명이 동그랗게 모여서 온종일 열띤 토론을 벌였기에, 이 사건은 겉으로 보기에 그들만의—꽤나 비등한—싸움으로 보였다.

그런 말다툼이 며칠째 끈질기게 계속되다가, 어느 날은 급기야 제보자가 푸드서클 안에서 "피해자를 지지하고 연대하고자 한다면 자리에서 일어서 달라"고 제안했다. 나는 그때 호감을 갖고 있던 안톤Anton 옆에서 밥을 먹다가, 조용하고 수줍은 성격의 그가 갑자기 자리에서 일어나길래(일어난 이들이 워낙 소수라 시선이 집중되었다), 그제야 대체 무슨 일인지 궁금해졌다.

실은 그가 그런 복잡하고 골치 아픈 일에 말려들까 봐 걱정되는 마음에, 그날 오후 잠시 시간을 내어 그들의 토론장에 가봤다. 활동가들이 다리우스 주위를 둘러싸고 손을 맞잡아 원을 만들고 있었다. 나도 얼떨결에 그 안에 있던 안톤의 손을 잡고 원의 일부가 되었다. 그들은 다리우스에게 떠나줄 것을 부탁하는 의미로 레인보우 노래를 부르며, 함께 천천히 언덕을 올라 출구 쪽으로 그를 배웅하려던 참이었다. 예상과는 달리 평화롭고 심지어 아름답기까지 한, 일종의 작은 시위였다.

언덕을 채 오르기도 전에 평화 수호자들이 나타나 우리를 가로막았다. 그들은 누군가를 가해자로 지목해 몰아낼 것이 아니라, 그에게야말로 깊은 이해와 트라우마의 치유가 필요하다며 원 안으로 난입해 다리우스를 그 자리에 앉혀놓고는 힐링 의식(말하자면 굿판 같은 것)을 벌였다. 난데없는 치유 타령에 황당했지만, 우리는 그걸 바라보며 기다리는 수밖에 없었다. 아니나 다를까, 다리우스는 치유되기는커녕 모든 상황을 점점 더 장난처럼 받아들였다. 그렇게 시간을 질질 끌다가 그날의 시도는 무산되었고, 남은 활동가들끼리 동그랗게 모여 앉아 이야기를 나누었다. 모두가 꽤나 지쳐 보였다. 이런 적이 한두 번이 아닌 게 분명했다.

그중 어린아이를 업은 한 시스터가 흐느끼며, "다들 패밀리라더니, 어떻게 이렇게들 관심이 없을 수 있냐"고 말했다. 그 말에 뜨끔해진 마음이 요동치기 시작했다. 나에게, 울고 있는 이 사람을, 마이 시스터라고 부르며 안아줄 자격이 있는가? 정말로 내 자매가, 혹은 내가 직접 겪은 일이었다면, 나는 해변에 누워

카나리아 개더링에서 푸드서클이 시작되려는 모습 (출처 : Kamei Cita)

파도소리나 듣고 있었을 것인가?

이것은 십여 명의 활동가와 이십여 명의 평화 수호자끼리의, 33%와 66%의 싸움이 아니었다. 그곳에는 무려 270여 명의 사람들이 아무 일도 없다는 듯이 살아가고 있었다.

지속적인 성추행 피해로 개더링 장소가 안전하지 않은 공간이 되고 그 상태가 그대로 유지되는 것이—물론 활동가들을 적극적으로 방해하는 평화 수호자들 역시 문제였지만—바로 나 같은 방관자들이 그 구도를 유지해주었기 때문이라는 걸 뒤늦게 깨달았다. 외면하고 침묵하는, 중도를 지키려는 '선량한 사람들'은 자신도 모르는 사이에, 이미 권력을 쥐고 있는 가해자 편에 힘을 보태고 있었다. 이것이 10명과 20명의 싸움이 아닌, 290명(97%)에 맞서는 10명(3%)의 투쟁이었다는 걸 알게 된 나는, 모여 앉은 활동가들 틈에서 너무나 부끄러워 머리가 지끈거렸다.

매직하우스

그로부터 두 달 후 2018년 봄에는 당시 고등학교에 들어갈 나이이던 막내 민이 입학을 미루고 유럽으로 왔다. 내가 기획한 로드스쿨road school 프로그램에 참여하기 위해서였다. 나의 학창시절에는 그 존재조차 몰랐고, 설령 알았더라도 집안 형편 때문에 갈 엄두도 내지 못했을 대안학교를 내 나름대로 흉내 내어 '파랑새 방랑학교'라고 이름 붙였다. 민이 배우고 싶은 걸

가르쳐줄 수 있는 친구를 찾아 이동하며 방랑 생활을 체험하는, 교사와 학생의 위계 없이 서로가 서로에게 배우는 모습을 상상하며 프로젝트를 시작했다. 그 과정을 기록해 다큐멘터리 영화로 만들려는 계획도 있었다.

나의 혈연가족이 뿔뿔이 흩어져 살게 된 지는 어느덧 십 년이 지나 있었다. 내가 업어 키우던 늦둥이 민은 우리가 헤어질 당시 불과 여섯 살이었다. 이후로 몇 번 보긴 했지만 서로의 삶에 대해 우리는 아무것도 모르는 사이였다. 단지 혈육이라는 연결감 하나로, 그는 용기를 내어—혹은 별 생각 없이—미지의 유럽 땅을 밟았다(그런 점이 나를 닮기는 했다). 마침 여행을 떠나고 싶어 하던 둘째 슈슈가 한국에서부터 민과 동행해주어, 반갑고 아련한 얼굴을 한 번에 둘이나 만나게 되었다.

소울푸드 키친에서의 인연 덕에, 슈슈와 민이 독일에 도착하는 날에 맞추어 뒤셀도르프에 커다란 다락방 독채를 마련해놓을 수 있었다. 거기서 느긋하게 쉬며 서로를 알아가는 시간을 가졌다(슈슈와는 매일 다퉜다). 친척집 같은 아다우미르의 집과 그의—아주 진보적인—교회 공동체를 방문하고, 새로운 친구들을 사귀었으며, 간단한 독일어 회화도 배웠다. 그렇게 일주일을 보낸 뒤에는 셋이서 함께, 내가 가장 보여주고 싶었던 이스라엘로 향했다.

나와 혈연관계로 이어진 이들에게 새로운 아빠를 소개하자니 기분이 묘했다. 다행히 슈슈와 민도 금세 레브를 파파라고 부르며 잘 따랐다. 파파는 졸지에 자식 셋을 데리고 다니는 꼴이 됐는데, 나랑 둘이서 다닐 때보다 더욱 활기차고 행복해 보였다. 당시 파파는 부모로부터 물려받은 예루살렘의 낡은 저택을 고치는 중이었고, 우리도 일손을 보태며 그 집에서 함께 지냈다.

이스라엘에서는 봄가을마다 레인보우 개더링이 열린다. 지난 29년간 한 번도 빠짐없이 매년 두 차례씩 모여온 만큼 이스라엘 패밀리의 유대감은 끈끈했다. 그런 공동체 안으로 한국의 가족을 초대한다는 벅찬 마음을 품고 개더링에 도착했다. 파파는 한적하고 외진 곳에 자리 잡는 걸 좋아하고, 슈슈는 사람들이 북적이는 곳에서 지내며 밤 늦게까지 놀고 싶어 해, 파파와 갈라져 우리끼리 그 중간 지점에 텐트를 쳤다.

슈슈와 민은 낯설 법도 한 숲속 생활에 의외로 금방 적응했다. 하지만 며칠 후에 민이 너무나 지루해하는 바람에(나도 첫 개더링 때는 조금 지루했던 기억이 있다) 파파와 떨어져 셋이서 먼저 바빌론, 즉 레인보우 바깥의 속세로 나가게 되었다. 개더링 장소를 떠나며 패밀리와 작별 인사를 나누던 자리에서, 길라드Gilad라는 브라더가 슈슈에게 '매직하우스'의 초대장을 건넸다. 초대장에는 사람들이 요가와 명상을 하고, 다양한 악기를 연주하고, 수영장 같은 데서 놀고 있는 사진과 함께 "무료 게스트 하우스, 텔아비브 여행자들을 위한 카우치서핑"이라는 문구가 적혀 있었다.

몇 주 후 텔아비브에 갈 일이 있어 매직하우스에 들렀다. 길라드는 우리가(특히 슈슈가) 도착하자 매우 기뻐하며 환대해주었다. 우리 셋은 알록달록한 천으로 나뉜, 거실 한편의 아늑한 잠자리에 짐을 풀고 길라드를 따라 매직하우스 투어를 했다. 세세한 공간 분할로 구조가 특이하고 구석구석까지 신경 써서 잘 꾸민, 신비롭고 매력적인 집이었다.

길라드는 구석의 작은 방 안에 있는 '매직풀'Magic Pool을 보여주었다. 초대장에서 본 커다랗고 둥근 욕조였다. 그는 매직풀이 24시간 개방되어 있으며, 그곳에서 밤마다 파티가 열린다고 말했다. 파티 장소 치고는 꽤나 비밀스럽고 은밀한 공간이었다. 나중에 혼자서 그 방에 들어가봤다. 벽에는 벌거벗은 여인이 엎드려 마사지를 받는 사진, 나체의 여성 캐릭터가 물 위에 누워 떠 있는 일러스트, "마법의 스파, 치유의 물" "전부 다 벗고 수영해, 자연스러운 방식으로" "너를 해방시켜, 바닷속 물고기처럼" 등의 문구가 붙어 있었다. 매직풀 입구는 왜인지 'STOP!'이라고 적힌 불투명한 플라스틱 장막으로 가려져 있었다.

따뜻한 물에 몸을 풀고 싶었던 나는 매직풀에서 매일 밤 열린다던 파티를 내심 기다렸다. 그런데 길라드는 다른 남성 여행자들과 함께 있을 때는 매직풀에 대한 언급조차 없다가, 슈슈나 나를 따로 마주칠 때마다, 샤워는 언제 할 건지, 매직풀에서 놀고 싶지 않은지 계속 물어댔다. 내가 혼자서 들어가도 되는지 묻자 그는 사용법이 복잡해서 자기가 보여줘야 한다며 거절했다.

첫날부터 길라드가 자꾸만 매직풀 이야기를 하는 것이 귀찮긴 했지만, 위협적인 건 아니었다. 그런데 이튿날 밤 잠자리에 들려는 나를 보고 그가 이렇게 말했다. "뭐? 자러 간다고? 이럴 수가, 여태껏 매직풀에 안 들어가다니! 이런 일은 매직하우스 역사상 한 번도 없었는데, 넌 레인보우 히피도 아니야."

순간적으로 대체 매직풀에서 뭘 하길래, 하는 욱하는 마음에 하마터면 들어가보자고 할 뻔했다. 길라드는 그런 식으로—그다지 강압적이진 않게—슈슈와 나를 보수적이고 자유롭지 않은, 겁 많은 여성으로 치부하며 조종하려고 들었다. 나는 그의 말이 밤새 무척이나 거슬려, 지금까지도 모든 문장을 정확히 외우고 있을 정도로 한참을 곱씹었다.

다음 날 아침이 밝자마자 그곳을 떠났다. 그런데 슈슈가 울상이었다. 그의 경험은 나와의 그것과는 상당히 다른 모습이었다. 길라드뿐 아니라 그의 여러 친구들이 슈슈를 '정육점의 고기처럼' 노골적으로 쳐다봤다고 했다. 게다가 말을 걸 때마다 팔뚝이나 어깨, 허벅지를 슬쩍 만졌다는 것이다. 슈슈는 나 없이 자기 혼자 그곳에 갔다면 과연 어떤 일이 벌어졌을지 상상하며 무척 힘들어했다.

그런 내 '시스터'의 표정을 보며 나는 분노가 치밀어 올랐고, 그제서야 그런 장소가 누군가에게는 정말로 위험할 수도 있겠다는 생각이 들었다. 우리에겐 어떠한 '심각한' 사건도 발생하진 않았지만, 언제든 어떤 일이든 생길 것만 같았다. 나는 매직하우스에서 슈슈와 내가 겪은 일들(이 글에는 그중 한 가지만 언급했다)을 자세히 적어 페이스북에 공유했다('공론화'라는 단어를 알지도 못할 때였다). 그러자 예상치 못했던 폭발적인 반응이 돌아왔다. 이스라엘 개더링에서 만난, 아는 이름도 많이 보였다.

— 길라드의 오랜 친구로서 언제나 그를 사랑하고 지지한다.

— 그는 내가 힘들 때 발 벗고 나서서 도와줬다. 좋은 사람임에 틀림없다.

— 여자를 좋아하고 특별 대우할 수도 있지, 그의 타고난 성격을 비난해선 안 된다.

— 사적인 일에 대해 편향적인 시선에서 공개적인 글을 올리는 것은 선동이며 명예훼손이다.

— 매직하우스는 길라드의 개인적이고 사적인 공간이다. 그는 본인의 집에서 원하는 대로 행동할 권리가 있다.

— 분노로 대응하지 말고 사랑과 평화로 보듬어야 한다.

반면, 나처럼 그곳에서 위험을 감지한, 그리고 매

직풀에 직접 들어가봤다는 사람들의 증언 역시 올라오기 시작했다. 어느 댓글에 따르면, 길라드는 매직풀 안에 설치된 수압이 거센 호스를 여성의 성기에 가져다 대어 강제로 흥분시킨 뒤 몸을 만졌고, 하지 말라고 분명히 말했음에도 못 들은 척 그 행동을 계속했다. 비슷한 내용의 댓글이 줄줄이 이어졌다.

그중에는 이런 날이 오기만을 기다리고 있었다는, 지금이라도 대책을 마련해서 더는 피해자가 발생하지 않도록 막아야 한다는 사람들이 있었다. 그들은 당시 자신이 겪은 일이 경찰에 신고할 정도의 수준은 아닌 것 같아서 넘어갔으나, 비슷한 이야기가 자꾸만 들려와 마음이 쓰였다고 했다.

피해자들의 증언을 모으는 과정에서, 60대 후반인 길라드가 주로 20대 초반의 젊은 외국인 여성 여행자를 집중적으로 노렸다는 걸 알게 되었다. 매직하우스는 같은 이름으로 그 자리에 지난 15년간 존재해왔고, 그전에도 그는 남부의 에일랏^{Eilat} 지역에서부터 매직풀을 이용한 성추행을 5년 이상 지속해왔다. 그러니까 적어도 20년, 믿을 수 없이 긴 세월이었다.

"사실인 게 분명해? 어떻게 한쪽 말만 믿을 수 있지? 왜 별 것도 아닌 일로 한 사람을 공격하고 몰아붙여? 왜 싫다고 그 자리에서 말하지 않았니? 왜 그의 도움을 받아놓고 뒤에서 딴소리야? 왜 그가 주는 밥을 먹었지? 왜 남의 나라에 와서 난동을 부리니?" 길라드의 친구들이 퍼붓는 이 같은 질문공세를 보고 있자니, 그간 아무도 나서지 못했던 이유가, 혹은 나섰으나 별 소득이 없었던 까닭이 충분히 이해되었다.

내가 공유한 글에는 길라드의 친구 아디^{Adi}가 슈슈의 허벅지 안쪽을 만진 것에 대한 언급도 있었다(이렇게 이름을 직접 공개한 것이 전략적이지 못했다는 걸 이제는 안다). 아디의 한 친구는 '힐러'인 아디가 슈슈의 틀어진 자세를 교정해주려던 의도였다는 댓글을 남겼다. 그걸 읽은 슈슈의 얼굴이 경멸과 역겨움으로 일그러졌다. 놀랍게도 몇몇 사람들은 우리가 누군가의 선의를 배반하고 누명을 씌우고 있다고 진정으로 믿고 있었다. 정작 길라드와 아디 등 가해자들은 단 한마디도 직접 나서서 하지 않았다.

아디는 자신의 이름을 게시글에서 지우지 않으면 명예훼손으로 신고하겠다며 메시지로 히브리어 서류를 보내며 협박했다(파파와 확인해보니 전혀 관련 없는 내용이었다). 슈슈는 길라드 쪽 사람들과 마주치면 해코지당할까 봐 레인보우 관련 모임이나 행사에 나가는 것 자체를 두려워하기 시작했다. 실제로 얼마 후 마주친 누군가가, 길라드를 그만 괴롭히고 너네 나라로 꺼지라고 나에게 소리친 일도 있었다.

공론화 과정에서 나에게 무엇보다 큰 심리적 타격을 주었던 것은, 우리가 매직하우스에 있을 때 옥상의 텐트에서 카우치서핑을 하던 젊은 유럽인 여행자의 반응이었다. 그는 한 사람의 말에 휩쓸려 누군가를 판단해서는 안 된다며, 자기도 그 자리에 있었는데 우리와는 달리 좋은 시간을 보냈다고 적었다. 매직하우스의 보헤미안적 분위기와 인테리어를 칭찬하며, 사람들에게 한 번쯤 직접 방문해볼 것을 권유했다. 어디서든 안전하다고 느낄 수 있는 누군가의 '백인 남성 권력'이 그렇게 유해한 모습으로 다가온 적은 없었다.

나는 'The Magical Sexual Harrassment House'마법적 성추행의 집라는 페이스북 그룹을 만들어 본격적으로 피해자들의 증언을 기록하기 시작했다. 60여 명의 피해자와 연대인, 활동가가 모여 앞으로 나아가야 할 방향과 전략을 활발히 논의했다. 그러던 중, 페이스북 개인 메시지로 매직하우스에서 길라드에게 강간당했다는 몇몇 여성의 제보를 받게 되었다.

2년 전 매직풀에서 길라드가 준 음료를 마신 후

정신을 차려보니 다음 날 아침 그의 옆에 알몸으로 누워 있었다는 피해자는 친구 한 명과 함께 그 일을 당했다. 공교롭게도 둘 다 내가 아는 사람이었다. 그게 바로 나일 수도 있었다는, 나는 그저 운이 좋았을 뿐이라는 생각에 온몸이 부들부들 떨렸다. 며칠 후 거의 같은 내용으로, 다른 사람이 겪은 3년 전의 사건도 제보되었다.

13년 전의 한 피해자는 당시 본인이 약물강간을 당했다는 사실과 약물의 명칭까지 인지하고 있었지만, 자신이 스스로 옷을 벗고 길라드와 함께 매직풀에 들어갔다는 사실 때문에 결국 경찰에 신고하지 못했다. 그는 그때 본인이 나섰더라면 하는 죄책감에 아직까지 시달리고 있었다. 너무나 오래전 일이지만 자신의 증언이 어떻게든 도움이 됐으면 하는 절실한 마음이라고 했다.

강간 피해자 모두의 동의를 구해 그들의 메시지를 익명으로 공개하면서, 길라드가 '모두 함께'All togther, '자연스럽게'Being natural 따위의 '레인보우 정신'을 악용해왔음을, 그리고 한 공유공간의 주인이자 레인보우 패밀리 원로로서의 그의 위력 또한 무시할 수 없음을 분명히 적었다. 피해자들의 2차적인 정신적 피해를 우려하는 입장과, 적극적으로 저항하지 않음으로 인한 가해의 동조(매직하우스 같은 공간의 유지)에 대해서도 언급했다.

그 이후, 길라드를 감싸는 댓글이 자취를 감추면서 온라인상에서의 다툼은 일단락되었다. 사태의 심각성을 파악한 사람들은 실질적인 법적 조치를 취하기 위한 방안을 모색하고 각자의 역할을 해나갔다. 내가 만든 그룹은 'Me-too Hippy House at Jaffa'미투 히피하우스라고 이름을 바꿔 활발한 활동을 이어나갔다(그 즈음 나는 이스라엘을 떠났다). 그들은 가해자의 실명을 온라인상에서 거론하거나 피해자들끼리 증언을 공유하면 경찰 조사에서 불리하다는 등의 주의사항과, 정서적 지원이나 법적 대응을 위해 피해자가 직접 소통해야 할 성폭력센터의 연락처를 안내하는 등의 활동도 해나갔다. 두 달 후 길라드는 체포되어 조사를 받았지만, 금방 풀려난 것 같았다.

그로부터 일 년 반쯤 지난 시점에 이스라엘의 한 기자가 당시의 미투 운동을 취재한다며 내게 연락했다. 오랜 기간 피해자를 수소문하고 가해자와의 인터뷰도 진행한 모양이었다. 나는 할 수 있는 최선의 증언을 전하고, 갖고 있던 사진 자료를 모두 넘겨줬다. 얼마 후 이스라엘에서 가장 많이 읽히는 신문의 무려 여섯 면 전체를 매직하우스 사건으로 장식한 길라드는, 해당 지면에서 자신이 여성을 다치게 하기는커녕 아예 건드린 일이 없다고 밝혔다. 그 발언 바로 옆에는 수많은 강간 피해자들의 끔찍한 증언이 한 페이지 가득 이어졌다. 길라드의 이름과 얼굴, 매직풀의 모습 또한 그대로 드러나 있었다. 이제 적어도 매직하우스의 위험성만큼은 이스라엘 전역에 어느 정도 알려진 셈이다. 더 이상의 피해자가 발생하지 않기를 간절히 바란다.

가슴과 자궁

우리가 매직하우스 공론화를 거치며 정신적으로 피폐해져 있을 때, 북부의 키부츠 하두프Harduf에서 마을공동체의 원로인 클라우디아Claudia를 만났다. 그는 댓글을 읽고 절망감에 빠져 있던 슈슈에게, 어떤 사람과 함께 있을 때 서로의 기운이 맞지 않는다면, 누군가의 순수하지 못한 의도가 조금이라도 느껴진다면, 곧바로 짐을 챙겨 그 자리를 떠나라고 말해주었다. "하지 마" "만지지 마" 등의 명확한 의사를 입 밖으로 꺼내는 순간, 상대방의 가면이 벗겨지며 더는 '게임'을 이어나갈 수 없게 된다며, 이미 분위기와 상황이 조성되어 의사를 표하기 어렵더라도 그렇게 분명히 말하는 것이 필요하다고 조언했다.

클라우디아는 자신이 엄마가 되어 끝까지 지켜주겠노라고, 울지 말라며 슈슈를 꼭 안아주었다. 우리 셋은 당분간 클라우디아의 집에서 지내며 키부츠 곳곳을 탐험했다. 마침 일 년에 한 번 열리는 축제 기간이라 마을 사람들의 악기 연주, 합창, 연극 등 다양한 공연을 즐길 수 있었다. 하두프 외곽의 숲속에 오두막 집과 게르를 지어 살고 있는 친구들도 사귀었다.

주로 농업에 기반한 마을공동체인 키부츠에는 저마다 특화된 작물이나 분야가 있는데, 내가 여태껏 방문한 다른 키부츠는 대부분 대추야자 농사를 지었다. 이곳 하두프는 특이하게도 문화예술(특히 연극)과 낙농업이 특화되어 있었다. 이 마을은 이스라엘에서 유일하게 '유기농 낙농장'의 기준에 부합하는 축사를 운영했다. 키부츠 하두프 웹페이지의 정보에 따르면, 헛간에 있는 소들은 여러모로 개선된 생활 여건, 대안적 의술과 유기농 사료를 제공받고, 몸에 번호를 새기지 않으며, 뿔도 제거되지 않는다.

　유기농 낙농업을 대표산업으로 자랑스레 내세우는 만큼, 낙농장은 누구나 볼 수 있는 마을의 길목에 있었다. 그곳은 주변의 다른 키부츠나 모샤브Moshav, 키부츠보다 작은 단위의, 사유재산이 인정되는 농촌 마을공동체에서 지내는 외국인 봉사자(워커웨이처럼 숙식을 제공받는 여행자)들의 견학 코스로도 쓰이는 모양이었다. 나와 슈슈, 민은 마을을 산책하다가 이웃 모샤브에서 견학 온 외국인 무리에 합류했다.

　운 좋게도 우리가 낙농장에 들어서는 순간, 새 생명이 탄생하는 경이로운 장면이 펼쳐졌다. 나 역시 지켜보고 있던 다른 사람들과 함께 탄성을 질렀지만, 소의 질에서 거대한 살덩이가 배출되는 모습은 아름답다기보단 조금 징그러웠다. 잠시 후 두 명의 일꾼이 나타나 갓 태어난 송아지를 어디론가 데리고 갔다. 어미소가 자식을 잃은 듯(사실상 그런 상황이었다) 울어대기 시작했다. 유기농 낙농업에 대해 설명하는 농장 관리자의 목소리가 어미소의 절규에 묻혀 희미하게 들렸다.

　견학 온 사람들이 떠난 후 우리는 남아서 농장 안을 조금 더 둘러보기로 했다. 서너 마리의 임신한 소들이 머무는 널찍한 울타리도 있었고, 몸을 한 바퀴 돌릴 수도 없는 좁은 칸에 한 마리씩 들어가 있는 경우도 있었다. 더 깊숙한 곳에는 수십 마리가 비좁은 공간에 모여 있었는데, 가까이 가보니 그들은 어떤 건물로 들어가기 위해 줄을 서 있었다. 그런데 그건 분명 가고 싶지 않은 곳으로 향하는 모양새였다. 그들은 강제로 그 앞에 서서, 내키지 않는 자신의 차례를 하염없이 기다리고 있었다.

직원 한 명이 뒤쪽의 소를 찰싹 때리자 대여섯 마리 소들이 건물 안으로 우르르 몰려 들어갔다. 맨 앞의 소는 들어가지 않으려 버텼지만 뒤쪽에서 엉덩이를 맞은 여러 소들이 미는 힘을 견디기엔 역부족이었다. 그들이 들어간 건물 안에는 복도를 사이에 두고 좌우로 커다랗고 투명한 통이 여덟 개씩 설치되어 있었다. 일꾼 두 명이 부지런히 다니며 부항처럼 생긴 흡착기를 소들의 벌건 젖꼭지에 매달았다. 기계가 작동하기 시작하자 터질 듯이 부푼 가슴마다 핏줄이 불끈거렸고, 붉은빛이 살짝 감도는 허연 액체가 통 안으로 뿜어졌다.

엄마가 민에게 모유를 주던 모습을 기억한다. 젖몸살에 땡땡 부은 가슴을 이완시키려 살살 어루만지

착유장 입구(왼쪽)와 출구(오른쪽)에 서 있는 소들

며 고통스러워하던 그 표정이 생각난다. 나도 그게 어떤 느낌인지 월경통의 경험으로 인해—물론 비할 바가 아니지만—아주 조금은 상상할 수 있었다. 어떤 소는 뒷다리로 기계를 떼어내려는 듯한 동작을 반복했다. 어떤 소는 그저 멍하니 미동도 하지 않았다. 어떤 소는 직원이 다가오자 그 자리에서—마치 그 사람을 향해서인듯—똥을 눴다. 그들은 온몸으로, 눈빛으로, 그리고 그들의 언어로 분명히 "하지 마"라고 말하고 있었지만, 아무도 신경 쓰지 않았다.

개더링에서 만난 친구 이단Idan의 집에 방문했을 때였다. 그 집의 바로 근처에는 이웃 가족이 운영하는 작은 낙농장이 있었다. 민과 아침 산책을 갔다가 그곳에 갇혀 있던, 태어난 지 두 달 된 송아지들을 만났다. 그들이 우리를 보고 우르르 몰려와 철창을 입으로 물어뜯기 시작했다. 어떤 송아지는 정확히 자물쇠의 열쇠 구멍에 대고 혀를 날름거렸다.

갇혀 있는 동물들이 밖으로 나가고 싶어 한다는, 그 욕구를 적극적으로 표현한다는, 그러니까 그들이 저항하고 있다는 사실보다도, 그럴 거라 단 한 번도 생각해본 적 없는 나의 무지가 더욱 놀라웠다. 그들의 의사표현은 너무나 명확해서 도무지 오해하거나 의심

할 여지가 없었다. 다만 건너편의 큰 소들은 이미 자신이 나갈 수 없다는 걸 아는지, 아무런 시도조차 하지 않았다.

그때 민이 송아지들을 꺼내줘야 하는 게 아니냐고 나에게 물었다. 이들이 지금 이 철창 안을 벗어난다고 한들, 그 바깥세상은 철창이 아닌가? '사유재산'을 건드린 우리의 '범죄'가 금방 들통나, 감옥에 가거나 한국으로 돌려보내지진 않을까? 그나저나 죄 없이 갇힌 이들을 풀어주는 것은 어째서 불법인가? 머리를 싸매고 한숨만 푹푹 내쉬다가 집으로 돌아왔다. 민은 그날 저녁식사 자리에서, 앞으로 동물을 먹지 않겠다고 선언했다.

슈슈가 신뢰하고 의지할 수 있는 친구들을 충분히 사귀어 안전하다는 감각을 되찾은 후에, 민과 나는 그를 이스라엘에 남겨두고 유럽으로 돌아가 방랑학교 프로젝트를 이어나갔다. 폴란드와 독일을 거쳐 도착한 덴마크의 로스킬레Roskilde에서는 카나리아 개더링에서 만난 안톤이 살고 있던 비건 주거공동체의 구성원이 되어 한 달간 정착 생활을 했다.

그즈음 영국 가족 마리에게서 연락이 왔다. 캐나

다의 브리티시콜롬비아주에서 여름방학 기간 동안 아이들을 돌봐줄 사람을 급히 찾는 친구가 있다는 소식이었다. 두 명의 항공권과 두 달간의 숙식을 제공받는 조건으로, 우리는 아이슬란드와 캐나다 퀘벡주를 일주일씩 여행하며 서부의 페르니Fernie라는 작은 마을로 향했다. 높은 산으로 둘러싸인 무척 한적하고 여유로운 동네였다.

유럽 언저리를 벗어나는 건 3년 만이었고, 아메리카 대륙을 밟는 것은 처음이라 설레는 마음으로 떠난 여정이었다. 하지만 내가 아이들과 깊이 교감하지 못한 채 맡은 일을 기계적으로만 해내는 바람에, 그해 여름은 모두에게 그다지 좋지 않은 기억으로 남았다. 학교와 수영장, 공원으로 외출할 때마다, 으리으리한 전원주택에 사는 아이들의 '목숨'이 나에게 달려 있다는 것이 그렇게 부담스러울 수가 없었다.

그즈음 내 안에 자리 잡기 시작한 동물권 활동에 대한 열망 또한 그곳 생활에서의 불편함으로 작용했다. 특히 다섯 살 아이가 먹을 샌드위치에 동물의 온갖 신체부위를 갈아 만든 가공육 슬라이스를 내 손으로 넣어야 하는 것이 가장 마음에 걸렸다. 나는 하기 싫은 일을 하지 않는 것에 너무나 익숙해져 있었다. 일주일 단위로 정해져 있는 일정을 소화하는 것 역시 무척 적응하기 힘들었고, 그로 인한 스트레스 때문에 민과의 관계도 점점 악화되었다. 다시 혼자서 자유롭게 돌아다니고 싶은 욕구가 솟아났다.

당시 페르니에서의 경험은 괴로웠지만, 그 덕택에 책임과 돌봄에 대해 진지하게 성찰해볼 수 있었다. 내가 만약 여행을 떠나지 않고 한국에서 '정상적'으로 살았다면, 단지 여성으로 지정되어 태어났다는 이유만으로 이미 아이를 낳아 기르고 있었을지도 모르겠다는 생각이 문득 들었다. 그런 상상이 이토록 끔찍하게 느껴진 적은 없었다. 그제야 내가 누군지, 어떤 삶을 살아야 하는지 알게 되었다. 내 인생에서 누군가를 20년 가까이 돌본다는 것은 실로 불가능했다. 나는 절대로 그렇게 해서는 안 되는 사람이었다.

그런 마음을 몇몇 친구들과 나누었다. '내 아들' 디미트리의 엄마 마야는 이렇게 말했다. "여성으로서 할 수 있는 최고의 결정을 내린 것을 진심으로 축하해. 사회의 압박에 아랑곳하지 않고 우리 자신의 고유한 삶의 진실을 긍정할 수 있다는 건 정말 멋진 일이야." 마리도 스스로에 대한 나의 발견과 '새로운 삶의 여정'을 축복해주었다.

여름방학이 끝나고 우리는 브리티시콜롬비아의 최남단 지역을 동서로 가로지르는 3번 고속국도를 따라 서쪽 해안을 향해 약 1천 킬로미터를 천천히 이동했다. 그 길 위에서 유난히, 오래전 비혼과 비출산을 선택한 사람들을 여럿 만났다. 하나같이 머리칼이 아름답게 센, 아주 명랑한 할머니들이었다. 아이를 본인의 몸을 통해 직접 낳고 기르지 않았을 뿐, 그들에게 '자식'이나 '가족'이 없는 것은 아니었다. 그곳은 이미 그런 일로 누구도 비난받지 않는 사회였고, 만일 오래전 그들의 선택이 의심과 눈총을 받았을지라도 그들은 아랑곳하지 않고 살아내며 본인의 존엄을 증명하고 있었다.

밴쿠버에 도착해 민을 한국으로 돌려보냈다. 그와 함께한 지 6개월 만이었다. 방랑학교가 4개월째 진행되던 시점에 그는 고등학교에 진학하지 않아도 괜찮겠다는 말을 꺼냈다(그것이 바로 나의 꿍꿍이였다!). 내가 그와 같은 나이였을 때 감히 그런 생각을 한 번이라도 해볼 수 있었더라면 내 삶이 얼마나 달라졌을지 상상하니 피식 웃음이 났다. 민과의 여정을 기록한 영상을 나중에 편집해 다큐멘터리 〈파랑새 방랑학교〉를 제작했다. 영화를 통해 민에게뿐만 아니라 모두에게 이야기해주고 싶었다. 그렇게 살아도 괜찮다고.

혼자가 된 나는 퀘벡에서 사귄 친구가 꼭 가보라고 했던 솔트스프링섬Salt Spring Island으로 향했다. 섬에서 가장 번화한 마을인 갠지스Ganges에서는 매주 토요일마다 농산물과 수공예품 장터가 성대하게 열렸다. 장터에 나오는 농부들과 직접 이야기를 나누어 몇몇 퍼머컬쳐Permaculture, 자연농, 영속농업 농장 공동체에 잠자리를 얻을 수 있었다. 내가 그 섬에 머물던 시기에는 사과와 자두, 배를 따는 일이 특히 많았다. 하루에 한두 시간 과일을 따고 나머지 시간에는 섬 곳곳을 돌아다녔다. 섬에서 가장 고요하고 잔잔한 해안가에 위치한 친구 스티브Steve네 하우스보트houseboat, 물 위에 떠 있는 집에서 지낼 때는, 미래의 '집'에 대한 내 상상력의 범위가 배의 모습으로 고정되어버렸다. 스티브는 그 집에서 20년째 살고 있었다.

솔트스프링에서 지낸 지 두 달이 지난 시점에는, 늦어도 초겨울에는 멕시코에 닿고자 하는 마음으로 (그 섬에서의 삶이 거의 완벽에 가까운 나머지 발이 쉽게 떨어지지 않았다), 그리고 오레곤주의 포틀랜드에서 베지페스트VegFest, 비건페스티벌가 열린다는 소식에 밴쿠버 아

버고인 베이Burgoyne Bay에 떠 있는 스티브네 집

일랜드에서 페리를 타고 급히 미국으로 넘어갔다. 미국 국경에서도 영국에서와 비슷하게 곤혹스러운 일을 겪었지만, 직업은 학생이며 부모님이 부자라서 여행 경비를 전부 지원해주신다고 당당히 거짓말하는 요령이 생겨 한 시간 만에 무사히 풀려날 수 있었다. 위드비섬Whidbey Island과 시애틀을 거쳐 3일 만에 포틀랜드에 도착했다.

베지페스트에서 동물의 살, 젖, 알을 넣지 않은 버거, 피자, 케이크, 요거트, 크림치즈, 아이스크림 등을 맛보며, 일상에서 얼마나 많은—거의 모든—식품이 동물 착취 산업을 기반으로 삼고 있는지를 실감했다. 다양한 비건 제품 사이에서 내 관심을 끄는 것은 동물권 운동 단체를 소개하거나 축산업 이면의 진실을 알려주는 부스였다. 유제품이 만들어지는 과정 전체를 정리한 정보와 영상도 생전 처음 접할 수 있었다.

먼저 자위 기구를 이용해 수소의 정액을 뽑아낸다. 암소를 '강간대'rape rack*에 고정시킨 후 항문에 인간의 한쪽 팔을 삽입해 생식기관의 위치를 조정한다. 그 상태로 다른 쪽 팔로 정액이 든 가늘고 긴 주입기를 질을 통해 자궁경부까지 찔러 넣는다. 임신된 소는 약 아홉 달 뒤에 새끼를 낳는다. 주로 출산 당일에 새끼

144

를 엄마와 분리하는데, 그 새끼가 수컷인 경우 몇 주 만에 송아지 고기veal로 팔려 가고, 암컷은 엄마와 같은 삶을 살게 된다.

보통 하루에 2~3회 기계를 통해 젖을 짜낸다. 지속적인 품종 개변을 통해 1950년대에 비해 소들은 네 배 이상 많은 젖을 생산하게 되었다. 출산 후 몇 주만에 소를 다시 임신시키고, 또다시 이 모든 과정을 반복한다. 주로 4~5년이 지나면 그들은 더는 버티지 못하고 쓰러져 도살장으로 끌려가 햄버거 패티 등 저품질 가공육으로 이용된다. 네 마리 중 한 마리 꼴로, 그들은 살해당할 때 뱃속에 새끼를 품고 있다.

포틀랜드에서는 동물권 활동가들의 집을 전전하며 여러 시위와 행사에 참여했다. 거기서 만난 한 활동가가 플랜드 페어런트후드Planned Parenthood라는 단체의 연계 클리닉을 소개해주었다. 팔 안쪽 피부에 삽입

---

* 소가 움직이지 못하도록 고정시키는 상자 혹은 작은 철창을 뜻하는 은어로, 적어도 영미권 축산업계에서는 공용어처럼 쓰인다. 이를 '지지대' 따위의 용어로 순화하는 것은 강제임신을 '인공수정'으로, 살처분을 '안락사'라고 부르는 것과 마찬가지로 폭력을 은폐하는 표현임을 밝힌다.

하는 3년짜리 피임 기구가 효력을 다한 후 다른 피임 시술을 시급하게 알아보던 참이었다. 전화를 걸어 문의해보니, 직업이나 수입이 없는 사람은 무료로 시술 받을 수 있다고 했다. 내가 외국인임을 조심스레 고백하자, 직원은 그게 대체 무슨 상관이냐는 말투로, 바로 이틀 뒤로 예약을 잡아주었다.

병원에 가서 환자 정보를 작성하는데, 인종, 성별, 국적, 나이, 재정 상태와 관련된 물음에 모두 '모르겠음'과 '말하고 싶지 않음'을 포함한 매우 다양한 선택지가 있었다. 외국인 여행자이든 불법체류자이든, 주소지나 보험의 유무와 관계없이 누구나 필요한 시기에 피임 시술을 받거나 임신 중단을 결정할 수 있어야 하는 게 당연하다는 병원의 태도에,[*] 여태까지 얼마나 기본적인 인권을 침해당하며 살아왔는지를 실감했다.

한국에서 낙태죄 폐지 시위에 참여했던 적이 있

---

[*] 한국에도 이와 비슷하게 편견이나 차별, 낙인 걱정 없이 누구나 편하게 찾을 수 있고 약이나 시술을 통한 초기 임신 중지가 가능한 성·재생산 건강 전문의원 '색다른 의원'이 2022년 9월 문을 열었다. 성적 권리와 재생산 정의를 위한 센터 '셰어'(SHARE)는 진료 및 상담 연계, 의료 현장의 경험을 바탕으로 한 연구와 법·정책 제안, 소수자 친화적인 보건의료 환경을 만들기 위한 진료 가이드 제작 등의 활동을 색다른 의원과 함께 해나가고 있다.

다. 한 청소년 활동가는 임신 중지가 불법이기 때문에 겪어야 했던 재정적인 어려움뿐 아니라, 미성년자라는 이유로 부모의 동의를 받아야 한다는—본인의 몸이 국가와 부모의 소유라는—이중적 차별에 시달리며 수술 타이밍이 늦어져 점점 더 위험한 상황에 처했던 자신의 경험을 토로하며 눈물을 흘렸다.

그 시위 이후인 2019년 4월 '낙태죄'는 헌법 불합치 판결을 받았고, 2020년 12월에는 임신 중지 비범죄화가 이뤄졌지만, 그로부터 또다시 2년이 지난 시점에도 임신 중지 시술에 건강보험이 적용되기는 커녕 보건의료와 지원 체계에 관한 공식 정보를 어디에서도 찾을 수 없는 실정이다. 특히 청소년, 난민, 이주여성은 필요한 정보나 의료시설에 대한 접근이 더욱 제한적이고, 장애여성의 경우 병원의 접근성, 직원의 의지와 선의에 따라 진료 여부가 결정된다는 추가적인 차별을 마주한다. 단지 운이 좋다는 이유로 아직 그런 일을 겪지 않은 나의 '낙태 가능한' 몸도 그들과 함께 분노로 연대했다.

나는 7년간 불임 상태를 유지할 수 있는 자궁 내 장치IUD를 무료로 시술받게 되었다. 가느다랗고 긴 관이 질 속으로 아주 깊숙이, 절대로 더 이상 삽입되어서는 안 될 것 같은 깊이까지 순식간에 쑥 들어갔다. 그것이 온전히 나의 결정이었고, 시술을 부탁한 것이 바로 나 자신임에도 불구하고 그 경험은 이루 말할 수 없이 끔찍했다. 자그마한 이물질이 내 몸 안에 안착하는 게 느껴졌다. 상상 초월의 트라우마적 순간이었다.

바로 그때, '이것이 나의 선택에 의한 시술이 아니라, 누군가 나를 강제로 임신시키기 위해 질에 무언가를 찔러 넣는 상황이라면?' 하는 물음이 머릿속을 스쳤다. 온몸의 소유권을 인간에게 빼앗긴 채 평생을 착취당하는 여성 소들의 현실은 이제 단순한 연민이나 공감의 영역이 아닌, 고통의 기억으로 내 몸에 흉터처럼 남았다.

의사가 자궁 안까지 넣었던 긴 관을 다시 꺼냈다. 일주일 동안 허리가 끊어질 듯 아팠다.

노숙인 수용소

몸이 어느 정도 회복된 후에, 포틀랜드를 떠나서 101번 해안국도를 따라 멕시코를 향한 여정을 이어나 갔다. 날이 저물면 근처 교회나 마을회관 같은 데서 잠을 자고, 해가 뜨면 다시 길 위에 서서 남쪽으로 가 는 누군가의 차를 기다렸다. "캘리포니아에 오신 것 을 환영합니다"라고 적힌 도로 표지판을 지날 때는 묘 한 기분이 들었다. 딱히 꿈에 그리던 목적지는 아니었지만, '아메리칸 드림'이라는 단어와 내 남루한 행색을 나란히 떠올리니 멋쩍은 웃음이 났다.

레드우드 국립공원의 세계에서 가장 키가 큰 삼나무 숲을 거닌 후, 다음 운전자가 내려준 북부의 유레카Eureka에서 하룻밤을 보내게 되었다(그곳이 마약 중독자junkie들이 많기로 악명 높은 도시라는 건 나중에 알았다). 거리의 상인들이 근처의 쉼터를 소개해주었다. 캐나다에서 노숙인을 위한 시설을 서너 번 이용해본 나는 망설임 없이 그곳을 찾아갔다.

유레카의 쉼터는 3층짜리 건물이었는데 쉼터라기보단 사무실 같은 인상이었다. 관리자는 오후 4시 50분에 시작하는 예배 모임에 참석하면 저녁식사를 제공하며, 누구나 자고 갈 수 있다고 했다. 마침 4시 40분이었고, 나는 안도의 한숨을 내쉬며 건물 안으로 들어갔다. 처음엔 나뿐이었는데 금세 방 전체가 사람들로 가득 찼다. 4시 50분이 되자 관리자는 지나치다 싶을 정도로—마치 오히려 안에 있는 사람이 밖으로 나가지 못하도록—곳곳의 문을 모두 걸어 잠갔다. 방 안에 모인 사람들은 흑인과 히스패닉 여성, 그리고 그들의 아이들로 대략 40명이었다. 휠체어에 탄 사람들도 드문드문 보였다. 런던 히스로 공항에 갇혀 있던 경험이 불현듯 떠올라 호흡이 살짝 가빠졌다.

밥을 먹기 위해서는 성경 이야기와 설교를 한 시간 동안 들어야 했다. 그날 말씀의 요지는 도덕적으로 우월한 당신이 남을 끌어올려주는 것은 어려우나 타락한 사람들이 아래에서 당신의 팔다리를 붙잡고 끌어내리는 건 쉬우니, 사람을 가려서 잘 사귀라는 거였다. 6시 정각이 되자 봉사자로 보이는 백인 여성 세 명이 들어와 배식을 시작했다.

사람들의 식판에 소시지가 두 개씩 든 핫도그, 우유 한 잔, 삶은 계란 한 개, 생크림 케이크가 차려졌다. 동물을 먹지 않기로 선택한 내가 먹을 수 있는 메뉴는 단 한 가지도 없었다. 히스로 공항의 구금시설에서 나에게 제공했던 음식이 떠올랐다. 그때는 밥 위에 소시지 두 개가 올라간 냉동식품 도시락을 받았다. 평소에 이곳의 식단이 비슷비슷한지 한 봉사자에게 질문했고, 거의 매일 똑같다는 답변이 돌아왔다.

설교자와 봉사자들은 우리와 함께 저녁을 먹지 않고 한쪽 구석에 앉아 있었다. 주위를 둘러보니 여기서 배식되는 '음식'이란 것이 가난한 사람을 병들게 하여 더욱 가난하게 만드는 게 분명했다. 한 엄마가 한두 살배기 아이의 입에 싸구려 소시지 조각을 넣어주었다. 지독한 가난이 대물림되고 있었다.

식사가 끝난 후 3층의 숙소로 이동했다. 나를 포함해 그날 새로 온 세 명의 잘 곳 없는 사람들이 관리자의 방에서 '단체 생활'의 규율과 주의사항을 숙지했다. 바로 옆 건물에는 남자 노숙인들이 있는데 위험한 사람들이니 쳐다보지도 말고, 혹여나 그들이 말을 걸더라도 절대로 대답하지 말라고 했다. 4시 50분부터는 건물이 잠겨 있어 아침 6시까지 밖에 나갈 수 없었다. 바깥은 '위험'하기 때문이었다.

내가 살던 고등학교 기숙사도 밤마다 아무도 나갈 수 없도록 문을 잠갔다. 옆 건물의 남학생들은 위험하다고 배웠다. 그땐 아무런 의문 없이 모든 규칙을 따랐다. 그러나 설령 어떠한 의문이 들었다 해도, 지금처럼 순순히 그것을 따라야 했을 것이다.

'약'을 갖고 있다가 적발되면 강제 퇴거 후 한 달간 재입소가 불가능하다는 등의 내용이 줄줄이 적힌 서약서에 서명한 뒤에 우리는 곧장 샤워실로 보내졌다. 샤워 후에는 그곳에 비치되어 있는 소독된 옷으로 갈아입어야 했다. 공동 생활이다 보니 위생 관리에 신경 써야 한다는 것이 이유였지만, 우리를 더러운 노숙자(어느 정도 맞는 말이긴 했다) 취급하는 태도가 그대로 느껴졌다.

몸을 씻고 옷을 갈아입은 뒤 20여 명이 널브러져 있는 커다란 방 한 칸의 중앙에—구석자리가 다 찼기 때문에—자리를 잡았다. 누군가는 친근하게 말을 걸어주었고 다른 누군가는 의심스러운 눈빛으로 빤히 쳐다보기만 했다. 그중 한 사람은 그곳에서 6년째 '살고 있었다'. 어떤 아이들은 거기에서 태어났다고 했다. 유일하게 내 또래로 보이던 한 청년은 유령과 대화를 나누는 듯 허공을 응시한 채 쉬지 않고 중얼거렸다.

다음 날 아침 6시에 홀로 건물 밖으로 나와 길 위에 섰다. 한 시간 후면 모두가 방에서 쫓겨나 오후 4시 50분까지 길거리를 배회해야 했다. 배회하기는 매한가지였지만, 나는 매일 밤 자발적으로 감옥으로 돌아가지는 않아도 되었다. 다음 차를 얻어 타고 계속해서 남쪽으로 향했다.

포틀랜드 베지페스트에서 만난, 당시 열여섯 살이던 활동가 소이Zoe Rosenberg는 "왜 동물권 운동이 승리할 수밖에 없는가?"Why the Animal Rights Movement Will Win라는 제목의 강연을 통해, 성공한 해방운동의 역사를 훑으며 3.5퍼센트 법칙("절정기에 인구의 3.5%가 참여한 운

동 중 실패한 사회운동은 없다")과 비폭력 시민불복종
("비폭력 저항운동의 성공률이 폭력적인 저항보다 두 배
가량 높다")의 전략을 소개했다. 우리가 쥔 열쇠는 바
로 '진실'이기 때문에, 그것을 맹렬하게 드러내기만 해
도 축산업의 거짓 선동과 은폐는 금방 드러나 그 기반
이 무너질 수밖에 없다는 결론이었다.

　강연 후 그는 11월 유타주에서 벌어질 거대한 동
물권 집단행동을 예고하며, 캘리포니아의 버클리에
가면 유타로 향하는 활동가들을 만나서 함께 갈 수
있을 거라 말해주었다. 소이가 실무 기획자organizer로
활동하고 있는 세계적인 동물해방운동 풀뿌리 네트워
크 '직접행동DxE'Direct Action Everywhere, 이하 디엑스이의 거점
공간인 동물권 센터가 바로 버클리에 있었다. 나는 버
클리에 도착한 날 곧바로 센터를 찾아가보았다.

　그곳에서는 기획회의와 시민불복종 훈련 등 다양
한 행사가 거의 매일 열렸다. 매주 토요일 밋업Meet Up
에서는 100명이 넘는 활동가가 모여 시위, 재판 일정
등의 소식을 전하고 운동의 방향성을 논의했다. 함께
밥을 먹으며 안부를 나누기도 했다. 센터에서 기획된
방해시위, 거리 선전전 등 수많은 활동이 버클리 일대
에서 동시다발적으로 펼쳐지고 있었다.

어느 날은 저녁시간에 참여하고 싶은 두 활동의 시간대가 겹쳐서 한 곳에서 한 시간 정도 있다가 곧이어 다른 시위가 열리는 곳으로 이동하게 되었다. 가는 길에 큰 사거리 횡단보도에서 신호를 기다리는데 휠체어에 앉아 구걸하는 노년의 여성이 눈에 들어왔다. 마침 주머니에 있던 1달러짜리 지폐 두 장—나에게는 적지 않은 돈—을 그에게 건네주었더니, 그는 하루 종일 도와준 사람이 아무도 없었다며 내 손을 덥석 붙잡았다.

그는 노숙인 쉼터—아마 내가 바로 며칠 전에 있었던 곳과 흡사한 곳—에서 지내고 있었는데 어떤 일로 쫓겨나 그날 밤과 이튿날 밤을 버텨낼 숙소 비용이 필요한 상황이었다. 하룻밤에 20달러면 가장 저렴한 호스텔의 도미토리에서 머물 수 있다고 하길래, 여행 중 거의 처음으로 근처 현금 입출금기에서 60달러를 뽑아 그중 20달러를 그에게 주었다. 당시 한 달에 50~100달러로 연명하던 나에게 20달러는 정말 큰 금액이었다. 그는 연신 고개를 끄덕이며 고마워하면서도, 그다음 날을 위해 20달러만 더 줄 수 없느냐고 물었다. 난감해진 나는 사실 나도 집이 없는 사람^{houseless}이라고, 미안하다고 말했다. 그러자 그 역시 나에게 미

155

안해했다.

사실 내 체크카드에 연결된 한국의 통장에는, 지금처럼 한 달에 십만 원 돈으로 생활할 경우 몇 년은 더 먹고살 수 있는 금액이 남아 있었다. 그걸 조금 더 꺼내 주지 못한 내 가난한 마음이 부끄럽고 미웠다. 그날 밤은 간신히 침대에 눕더라도 그는 또 다음 날을, 20달러를 구할 수 있을 거란 아무런 보장이나 희망도 없이 길에서 보내야 할 것이다. 나는 밖에서 자는 걸 나름대로 좋아하는 데다, 20달러 없이도 여러 활동가의 집에서 따뜻하고 편안하게 잠들 수 있었다. 언제든 원하는 곳으로 떠날 수 있고, 마음만 먹으면 일을 하고 돈을 벌 수도 있는 내 '평범한' 능력이 문득 엄청난 특권으로 다가왔다.

아무래도 20달러를 마저 줘야겠다는 생각에 다음 시위가 끝난 후 사거리로 돌아가봤지만 그는 이미 떠나고 없었다. 그 대신 무심코 지나쳤던 다른 이들이 시야에 들어왔다. 돈이 필요해 거리로 내몰린 사람들은 한눈에 보기에도 절대 다수가 장애를 갖고 있었다. 나중에 버클리가 미국에서 장애인 접근성이 가장 잘 갖춰져 있는 도시 중 하나라는 걸 알게 되었을 때, 그날의 장면이 다시금 떠올랐다. 과연 누구에게 이 돈을 쥐야 할지, 감히 헤아릴 수 없이 많은 이들이 바로 그 사거리에 있었다. 여태껏 그렇게 많은 장애인을 거리에서 본 적이 없었다는 걸 인지한 나는, 혹시 다른 도시에서는 그들이 실외로 나가지도 못하고 있는 건 아닐까 하는 생각이 들었다. 어쩌면 그들이 지닌 신체적 손상이 아니라 도시의 구조와 환경이, 그들을 '장애화' 하고 있는 건 아닐까?

그리스의 난민들처럼 노숙인과 장애인 역시 시설에 수용되거나 길에 방치되거나, 둘 중 하나인 것 같았다. 갈 곳 잃은 20달러 지폐가, 내 손을 꼭 쥐었던 한 사람의 온기를 대신하여 꾸깃꾸깃해져 있었다.

가축 수용소

유타주의 솔트레이크시티 일대에서 열린 서부 동물해방 집중행동ALWC, Animal Liberation Western Convergence에 참가하기 위해 버클리의 활동가들과 함께 일곱 대의 밴으로 13시간을 밤새 이동했다. 디엑스이 기획자들이 지난 몇 달 동안 정교하게 계획한 대규모 직접행동을 일주일간 함께 펼쳐내는 자리였다.

거리를 점거하는 행진과 발언, 다이 인Die-in, 시위 참가자들이 죽은 것처럼 드러눕는 퍼포먼스, 거리행진 행렬이 그대로 대형마트로 들어가 펼치는 기습 방해시위, 축사와 도살장에서 찍은 영상을 시민들에게 보여주며 소통하는 거리 선전전, 시청 건물 안에 죽은 아기돼지의 사체를 안고 우르르 들어가 청원서를 직접 전달하는 활동과 더불어 다양한 교육과 실전훈련, 현장실습, 커뮤니티 구축이 함께 이루어졌다.

유타주에는 초국적 거대 축산기업 스미스필드Smith-field Foods가 소유한, 미국에서 가장 큰 축산단지 중 하나인 서클4Circle Four Farms가 있었다. 시내에서 벗어나 사막처럼 황량한 길을 한참 달려 그곳에 도착했다. 창문도 없이 굳게 닫힌, 똑같이 생긴 수백 동의 거대한 회색빛 콘크리트 건물이 줄 지어 있었다. 언젠가 책으로 접한 유대인 수용소의 모습과 흡사했다. 대화를 나누고자 했던 책임자나, 안에 갇혀 있다는 돼지는 단 한 마리도 볼 수 없었다.

침묵으로 일관하던 경찰과 대치한 지 한 시간이 지났을까, 활동가들은 모두 차를 타고 그곳을 떠나 '농장'의 반대편 출구로 향했다. 30분이 넘도록 달렸는데, 우리는 계속 그 안에 있었다. 도시 하나는 세울 정도의 규모로 누군가를 잔뜩 가둬놓을 수 있는 권력

유타의 서클4 축사에서 경찰의 침묵을 마주하는 활동가들 (출처: DxE Vancouver)

과 부가 존재한다는 것이, 그걸 집단으로 묵인하는 사회에 살고 있다는 것이 도무지 실감 나지 않았다. 그 안에 갇힌 자들은 내가 만났던—그리고 나이기도 한—외국인, 노숙인, 장애인과 마찬가지로 아무런 죄가 없었다. 단지 돼지로 '잘못' 태어났을 뿐이었다.

미국의 동물보호법에 의하면 뜨거운 여름날 유리창을 깨고 차 안에 방치된 개를 구하는 것은 합법일 뿐 아니라 시민의 의무로 여겨진다. 반면 '농장'이라 불리는 비육肥育시설에 갇힌 채 태어나 그 안에서 병들었거나 몸집이 유독 작은 아기돼지(그들이 사료를 축내지 않도록 땅바닥에 머리를 내려쳐 '도태'시키는 것은 축산노동자의 업무다)를 구조하는 것은 축산업계의 로비로 인해 무려 '테러리즘'으로 규정되어 있다.

이에 맞서, 평범한 시민들이 자신의 권력을 이용해 얼굴과 신원을 감추지 않고 축사로 들어가, 당장 치료가 필요한—그렇지 않으면 곧 죽게 될—동물을 병원으로, 안전한 공간으로 옮기는 활동을 공개구조open rescue라고 한다. 경제적 '손실'이 너무도 미미하기 때문에 돼지 몇 마리를 '훔쳐가는' 것 정도는 신경도 쓰지 않던 축산업계에서 이런 활동을 진지하게 받아들이기 시작한 건 불과 몇년 전의 일이다. 공개구조로 인해 몇몇 활동가들은 '흉악범'으로 기소되었지만, 재판을 거듭하며 싸우는 과정에서 진실이 드러날수록 축산기업들은 스스로의 이미지에 먹칠하는 셈이 되어, 법정 밖에서 합의를 요구하거나 재판 직전에 기소를 철회하기도 하는 추세다.

2017년 스미스필드의 서클4에 갇혀 있던—구조되지 않았더라면 쓰레기통에 버려졌을—돼지 릴리Lilly와 리지Lizzie를 구조해 징역 11년형으로 기소된 디엑스이 활동가 웨인Wayne Hsiung과 폴Paul Darwin Picklesimer은 오랜 재판과 투쟁 끝에 2022년 10월 배심원 전원 동의로 모든 혐의에 대한 무죄평결을 받았다. 2023년 3월에는 캘리포니아의 포스터 팜Foster Farms에서 자라 도살장 앞에 도착한 닭 이선Ethan과 잭스Jax를 구조해 절도죄로 기소된 활동가 알리샤Alicia Santurio와 알렉산드라Alexandra Paul 역시 배심원의 만장일치로 무죄를 선고받으면서, 먼 미래의 꿈처럼 느껴지던 '구조할 권리'right to rescue를 위한 투쟁의 결과가 차츰 구체화되어가고 있다.

서부 동물해방 집중행동은 미국인들의 칠면조 대학살을 가시화하기 위해 추수감사절 바로 전날에 끝나도록 기획되었다. 그렇게 '기념일' 하루 전, 마지막 일

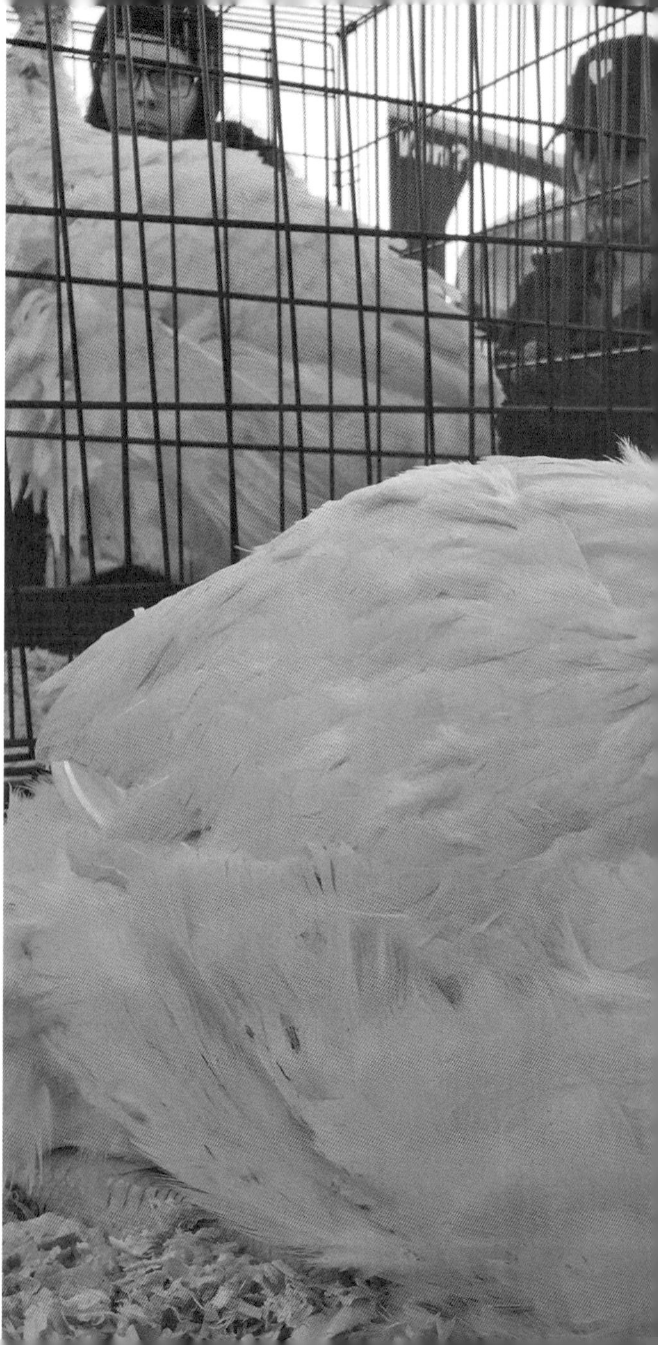

구조되어 철창 안에서 기다리는 칠면조

정으로 대규모 공개구조가 펼쳐졌다. 새를 두 손으로 집어 품에 안는 훈련을 거친 백 명의 활동가가 칠면조를 한 마리씩 안아서 각자의 목적지로 가는 차에 실었고, 그 과정은 #HolidaySurvivors명절의 생존자들라는 해시태그를 통해 전 세계로 공유되었다. 칠면조 백 마리는 소이가 설립한 해피헨 생추어리Happy Hen Sanctuary를 비롯하여, 구조된 동물들이 여생을 보낼 수 있는 보금자리인 생추어리 여러 곳으로 보내졌다.

나는 친구 더그Doug Fuller의 구조 장면을 가까이서 지켜보게 되었다. 그의 품에 안겨 작은 철창 안으로 옮겨진 칠면조 한 마리가 영문을 몰라 겁을 잔뜩 집어먹은 표정으로 온몸을 부들부들 떨고 있었다. 더그가 무릎을 꿇고 진심을 다해 쓰다듬자, 그 새는 어느새 긴장을 풀고 철창에 편히 몸을 기대어 앉았다. 이제 칠면조는 진정이 된 것 같은데, 그걸 손끝으로 느끼는 더그의 몸이 덜덜, 전율하기 시작했다.

목격자들

  서부 동물해방 집중행동에 참여한 이후에도, 솔직히 전시, 실험, 의류, 그리고 특히 식품산업에 동물을 이용하는 모든 행위 자체를 범죄화하려는 디엑스이의 시도가 과하다고 생각하는 지점이 없진 않았다. 그래서 나는 이 책에서, 그 시절 내가 그렇게 생각했던 이유를 나열하고 독자의 공감을 얻은 후에, 그런 생각이 어떻게 변화했는지를 이야기해보고 싶었다. 하지만 이 글을 쓰는 지금은 그 이유가 단 한 가지도 기억나지 않는다. 이미 축산업 시스템 속 가장 직접적인 피해자를 만나버린 이후이기 때문이다.

집중행동이 끝나고는 애리조나로 향하던 레이번Raven Deerbrook의 커다란 캠핑카를 타고 며칠을 함께 돌아다녔다. 자이언 국립공원Zion national park을 지나 그랜드 캐니언 마을에 도착했을 땐, 국립공원 매표소에서 일하던 활동가 한 명을 우연히 만났다. 그의 집에서 오붓한 추수감사절을 보낸 후 우리는 라스베이거스까지 이동했다. 거기서 레이번은 디엑스이 활동을 위해 피닉스로, 나는 LA로 갈라졌다. 유타에서 만난 활동가 딜립Dilip Gautam이 LA 근교 오렌지 카운티에 살고 있어서 그의 집에서 지내며 LA를 둘러볼 수 있었다(정말이지 최악의 도시였다).

오렌지 카운티에서 가장 가까운 LA 끄트머리의 지하철역 앞에는 말도 안 되게 드넓은 주차장이 있었는데, 차에서 내리는 사람들마다 아시아인이었다. 그들은 대도시의 외곽으로 밀려나, LA의 '경기도'라 불릴 만한 지역에 몰려 살고 있었다. 딜립의 가족은 네팔에서 온 이주민이었다. LA에 직장이 있는 딜립의 형과 간호대학에 다니는 동생은 교통체증을 피하기 위해 매일 새벽 다섯 시에 집을 나서서 저녁 열 시가 다 되어서야 돌아왔다.

한번은 딜립과 함께 LA 도심에서 그리 멀지 않은 캘리포니아 최대 규모의 도살장을 찾았다. '세이브무브먼트'The Save Movement라는 국제적 풀뿌리운동의 비질visil에 참여하기 위해서였다. 비질이란 도살장으로 끌려가는 대학살의 희생자를 직접 마주하고 그들의 존재를 사진, 영상, 글 등으로 기록하여, 인간의 일상과는 너무나 먼 현장의 진실을 드러내고 애도하는 활동이다.

그날, 요세미티 푸드Yosemite Foods라고 적힌 하얀 간판이 번쩍이는, 깔끔한 대형 쇼핑몰 단지처럼 보이는 구역의 출입구 맞은편에 오십여 명이 모였다. 진행자가 전달하는 주의사항을 들으며 다른 활동가들과 인사를 나눌 때까지만 해도, 나는 '동물을 먹지 않겠다'는 결심을 포함하여 앞서 설명한 모든 활동을, 신념에서 비롯된 선의나 대의 정도로 생각하고 있었는지도 모르겠다. 그때 코를 찌르는 악취와 함께 집채만 한 트럭이 내 시야로 들어왔다.

그 안에 동물이 있었다. 그중 하나와 눈이 마주쳤을 때, 코알라, 캥거루, 키위, 순록, 알파카는 봤어도 돼지는 단 한 번도 실제로 본 적이 없다는 걸 깨달았다. 그전까지 내게 돼지는 동물이 아니었던 것이다. 그것은 선홍빛과 흰색이 적절히 섞인 살과 비곗덩이이자, 거리의 수많은 간판에서 엄지를 척 들고 한쪽 눈을 찡긋 하며 환하게 웃고 있는 캐릭터일 뿐이었다. 처음 만난 그들의 존재는 내 오랜 기억과는 너무나 달라 낯설었고, 조금 무섭기까지 했다. 나도 모르게 뒷걸음질을 치면서, 돼지가 감히 '동물'이 되면서, 나의 세계는 와장창 깨져 부서지고 무너져내렸다.

그들은 내가 유타주에서 방문했던 바로 그 축사 단지에서 왔다고 했다. 그곳에서 LA까지는 한 번도 쉬지 않고 곧장 달려도 차로 열 시간은 걸린다. 이미 제값만큼 몸무게를 채운 돼지에게 사료나 물을 추가로 주는 것은 축산농가의 경제적 손실이기 때문에, 그들은 배고픔과 목마름, 멀미, 극단적인 추위─혹은 더위─에 시달리며 이곳에 도착했다.

왜 자신이 태어나자마자 본인과 남들의 똥오줌을 뒤집어쓴 채 기약도 없이 갇혀 지냈던 건지, 그러다 갑자기 어디로 실려 온 건지 이해할 기회조차 박탈당한 그들의 혼란과 두려움이 눈동자에 그대로 서려 있었다. 어떤 돼지는 소리를 질렀고, 어떤 돼지는 토했으며, 어떤 돼지는 눈물을 흘렸다. 트럭에서 벗어나고자 몸부림치며 차체를 물어뜯는 돼지도, 차라리 죽었으면 하는 넋 나간 표정의 돼지도 있었다. 수백 명ᴍ, ᑈᒺ의 돼지가 저마다 각자 다른 욕구를 드러내며 불의에 격렬히 저항하고 있었다.

저 안에 들어가면 죽는다는 걸 직감한 돼지도 분명 있는 것 같았다. 하지만 그 이유가 고작 인간이라는 다른 동물의, 자본에 길들여진 '입맛' 때문이었다는 건 정말 꿈에도 몰랐을 것이다. 거기서 우리가 할 수 있는 일은 그저, 목마른 이들에게 물을 뿌려주며 당장은 우리 사이의 철창을 부숴버릴 수 없는 현실에 대한 미안한 마음을 전하는 것뿐이었다. 그것은 어쩌면 이들이 6개월이라는 짧은 '평생' 동안 느낄 수 있었던, 단 하나의 자비였을 것이다.

두 시간 동안 도살장 건물로 들어간 아홉 대의 트럭은, 모두 빈 차가 되어 나왔다.

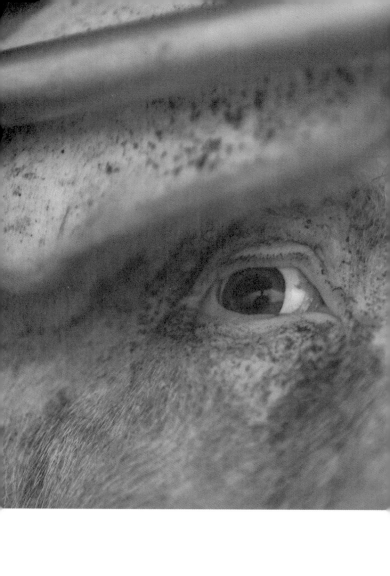

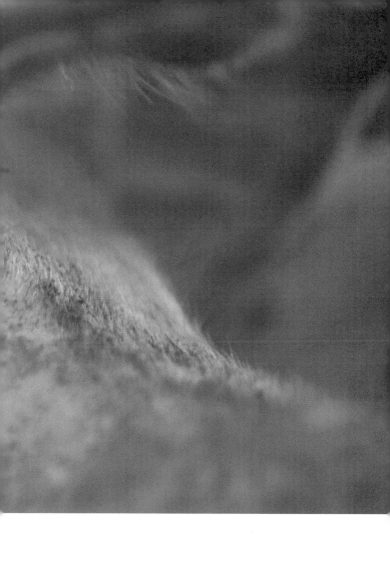

도살장 앞에서 만난 돼지

4장

물에 던져진 돌은
추위를 두려워하지 않고

책임에 대하여

오렌지 카운티에서 차로 두 시간 거리에 멕시코 국경이 있었다. 퀘벡에서 사귄 친구가 과테말라에서 나를 기다리고 있었고, 파나마의 생추어리에서도 초대를 받은 상황이었다. 곧 다가올 봄에는 콜롬비아에서 월드 레인보우 개더링이 열릴 예정이었다. 하지만 당시에는 이 모든 가슴 떨리는 목적지보다 동물권 활동에 조금 더 마음이 쓰였다. 나는 결국 남미행을 잠정 포기하고 베이 에어리어Bay Area, 샌프란시스코 일대의 광역 도시권로 돌아갔다.

버클리 곳곳에는 활동가들의 집activist house이 있었다. 그중 몇 군데에 방문해보니, 거실, 발코니, 차고는 물론 뒷마당에 주차한 밴이나 텐트, 심지어는 옷장 안에도 누군가 거주하고 있었다. 주거 비용을 절감해 돈 버는 시간을 최소화하여, 하고 싶은 활동에 집중하는 것에서 더 큰 행복을 느끼는 사람들이었다.

아무래도 성향이 맞는 활동가들끼리 모여 살다 보니 집집마다 다양한 특성이 보였다. 무척 깔끔하고 조용한 집도 있었고, 밤마다 음악을 크게 틀고 파티를 벌이는 곳도 있었다. 나는 당분간 키티Kitty Jones네서 일곱 명의 동거인과 함께 지내게 되었다. 그 집은 온두라스에서 온 난민과 멕시코 이주노동자를 비롯해 스페인어 사용자의 비중이 높은, 느긋하고 자유로운 분위기의 공간이었다.

집이 생긴 덕분에 디엑스이의 모든 시위와 행사에 안정적으로 참여할 수 있었다. 당시 캘리포니아에서는 활동가 두 명이 산 채로 쓰레기통에 버려진 송아지를 발견해 병원으로 데려가던 중 경찰에게 도움을 요청했다가, 도리어 구조된 송아지를 빼앗겨 죽게 내버려

뒤야 했던 사건에 대한 논란이 한창이었다. 그 일이 있었던 낙농장으로 백여 명의 시민이 찾아갔던 날이 특히 기억에 남는다. 그곳에서 나는 사진과 영상으로만 접해왔던, 작은 플라스틱 상자 안에 홀로 갇힌 수천 명의 송아지를 보았다.

그날의 시위를 기획한 캐시Cassie King는 오늘이 자신의 생일이라며, 이 추운 겨울날 시설 안의 송아지 중 단 한 명에게라도 온기를 나누는 연민을 베풀어달라고 간청했다. 하지만 위력을 과시하듯 말 위에 올라탄 보안관들은 그 앞을 막고 서서 캐시가 챙겨 온 작은 담요를 쳐다보지도 않았다. 국화꽃을 들고 평화와 애도의 노래를 부르는 활동가들의 머리 위로 헬기가 날아다녔다.

버클리에서 지내면서, 수많은 직접행동이 이렇게 꾸준히 펼쳐질 수 있는 든든한 기반 중 하나가 소모임이란 걸 알게 되었다. 요일별, 지역별로 활동가들이 정기적으로 모여 함께 음악, 요리, 운동, 공부 등을 하며 소소한 담소나 고민을 나누는 작고 다양한 공동체가 있었다. 그로 인해 각 지부의 활동가chapter member가 새로 유입되고 기존 활동가들 역시 운동을 지속해나갈 동력을 얻었다. 음악 소모임의 경우에는 평소에 만들고 연습한 곡을 행진이나 시위에서 유용하게 써먹기도 했다.

미국 무비자 체류 기간이 끝날 즈음, 키티의 집에서 룸메이트로 지내던 개릭Garick과 함께 하와이와 일본을 거쳐 한국으로 짧은 '여행'을 떠났다. 혈연관계의 가족들에게 제대로 된 작별인사를 하고 한국에서의 삶을 완전히 정리해야겠다는 생각에 힘들게 내린 결단이었다. 2019년 초의 겨울이 지나고 있었다. 한국 땅을 밟는 건 4년 만이었다.

마침 한 행사에서 강연할 기회를 얻어 "왜 우리는 불의에 맞서 저항하고 행동해야 하는가"라는 제목으로, 여행 이야기를 곁들여 디엑스이, 세이브무브먼트 등 해외 동물권 풀뿌리 운동을 소개했다. 그 강연은 서울에서 한 번 더 열렸고, 그 자리에 있던 몇몇 사람들에 의해 몇 달 후 한국에서도 디엑스이 활동이 본격적으로 시작되었다.

제주도에서는 남원읍의 어느 비건 식당에서 한 지역 활동가를 만났다. 그는 행색이 남루한 우리를 딱하게 여겨 목적지인 가시리까지 데려다줬다. 차에서 이야기를 나누다 내가 영화를 만든다는 걸 알게 된 그가 며칠 뒤 연락해 제주도의 흑돼지 산업에 관한 다큐멘터리 제작을 의뢰했다. 그로부터 얼마 후 개릭이 먼저 버클리로 돌아간 뒤에 나는 혼자서 다시 제주를 찾았다.

영화 제작을 위해 사전자료를 조사하면서 최근 한국에서 구제역이 얼마나 자주 발생했고 그로 인해 얼마나 많은 동물이 산 채로 땅에 파묻혔는지를, 예방적 살처분 집행과 그에 대한 보상으로 얼마나 말도 안 되는 규모의 세금이 매년 투입되고 있으며, 지난 20년간 제주 지역의 돼지 사육 마릿수가 얼마나 기하학적으로 증가했는지를(축산 농가수는 오히려 감소했다) 알게 되었다(이렇게 제주에서 기른 '돼지고기' 중 상당한 양은 사실상 육지로 유통된다).

여러 정보를 수집하던 중, 축산진흥원 가축자원과 웹페이지에서 '종돈 연구' 업무 내용을 살펴보게 되었다. "돼지 인공수정 업무 전반, 바디 컨디션 체크 등 종빈돈'씨를 받기 위해' 기르는 암돼지 관리, 돼지백신·유도분만 등 업무 보조, 종빈돈 발정 체크 및 인공수정." 그중 '종빈돈 발정 체크'라는 부분이 충격적으로 다가왔다. 그러니까 어떤 여성 돼지의, 그가 원치도 동의하지도 않은 인공수정—강제 임신—을 위해 공무원에게 발정 상태를 체크하도록 명령을 내리는 사회에 우리는 살고 있는 것이다.

흑돼지를 찾아 일주일간 제주 곳곳을 헤맸다. 전화로 방문이나 인터뷰를 요청하는 족족 거절당했다. 대정읍의 돈사 밀집 지역에서 맞닥뜨린 건 출입통제 표지판과 머리가 핑 도는 악취뿐이었다. 우여곡절 끝에 도살장 앞에서 트럭 안의 돼지들을 촬영했지만, 운전기사가 왜 남의 사유재산을 찍느냐며 버럭 화를 내고 경찰을 부른 일도 있었다. 그는 자기가 돼지를 다루는 일을 한다고 무시하는 거냐며 언성을 높였다. 아니라고, 죄송하다고 말씀드렸지만, 처음부터 그에게 좀 더 친근하게 다가가지 못한 것이 두고두고 마음에 걸렸다.

흑돼지에 관한 영화라는 단순한 이유로 전체를 흑백으로 제작하던 중, 한번은 실수로 컬러로 촬영한 장면 한 컷을 발견했다. 그 영상에는 개울가에 흐드러지게 핀 유채꽃이 담겨 있었다. 칙칙한 이미지들 사이에서 갑작스레 영롱한 자연의 색감을 마주한 나는, 그 아름다움에 순간 깜짝 놀라 눈물이 찔끔 났다. 제주뿐 아니라 육지, 특히 날로 늘어만 가는 수도권의 제주산 '돼지고기' 소비 때문에 엄청난 양의 피와 분뇨,

축산폐기물이 땅과 물을 오염시키고 있는 지금, 우리에게 감히 제주의 '청정 자연'을 만끽할 자격이 있을까? 나무와 바다의 흑백 영상을 통해 그런 답답한 마음을 조금이라도 전할 수 있을 것 같았다.

　내가 든 카메라는 어디서도 환영받지 못했지만, 나는 아랑곳 않고 얼마 후 또 다른 도살장을 찾아가 더 큰 트럭 안의 더 많은 돼지를 만났다. 그들의 모습과 내가 그들에게 일일이 지어준 이름이 담긴 다큐멘터리 〈검은 환영〉을 2020년에 완성했지만, 그뿐이었다. 내가 만난 돼지들은 모두 세상을 떠났고, 아무도 책임지지 못할 파괴와 죽음이 그렇게 어딘가에서, 매 순간 일어나고 있었다.

동네 아는 농부

촬영을 마친 후 블라디보스토크에서 시베리아 횡단열차를 타고 거의 일 년 만에 다시 유럽으로 향했다. 나는 먼저 그리운 나의 이탈리안 가족을 보러 갔다. 카나리아 푸에르테벤투라Fuerteventura섬의 어느 스콰에서 처음 만나 자매 관계를 맺게 된 가이아Gaia, 그의 엄마이자 나 역시 자식으로 받아들인 모니카Monica가 이탈리아 북부 산간 지역의 한적한 마을에서 나를 반갑게 맞이했다.

첫날부터 나는 매 끼니 엄마가 정성을 담아 만든 파스타, 리조또, 피자를 먹었다. 가이아와 모니카는 본인의 접시에 덜어낸 파스타에 파마산 치즈를 듬뿍 뿌리며, 그걸 만든 사람이 동네 아는 농부라는 말을 덧붙였다. 치즈를 먹지 않는 나의 존재 때문에 그들이 불편해서 그렇게 말한 건지, 그들이 그렇게 말해서 내가 불편한 건지 헷갈렸다.

집 뒤편에는 곧게 자란 나무로 둘러싸인 큼직한 잔디밭이 있었다. 어느 날은 가이아의 동네 친구 두 명이 놀러와 거기다 돗자리를 펴고 함께 브런치를 즐겼다. 뒤뜰의 한쪽 구석에는 가이아와 친구들이 관리하는 자그마한 양봉장이 있었다. 그들은 보호장구 없이도 벌에게 하나도 쏘이지 않을 정도로 세심하게 작업했다.

가이아는 벌에게 설탕물을 주거나, 연기를 뿌리거나, 나중에 쓸모가 없어졌다고 해서 그들을 죽이지 않는다고 여러 번 자랑스럽게 말했다. 그러나 그런 설명은, 다른 거의 모든 양봉산업에서는 그렇게 한다는 사실을 내게 확인시켜줄 뿐이었다. 또한 가이아는 양봉가가 벌들을 추위와 바이러스로부터 보호해주는 거라고 했지만, 그런 말은 오히려 무언가를 정당화하기 위한 변명으로만 들렸다. 돌이켜보면 장애인, 노숙인, 외국인 시설의 직원들 역시 그렇게 말했다. 집에서 아무도 돌봐주지 않으니까, 바깥은 위험하니까, 시민에게 해를 끼칠 수 있으니까 우리가 보호해주겠다고.

한 티스푼의 꿀을 모으기 위해서는 열두 명의 벌이 평생 동안 일해야 한다는데, 가이아의 주장처럼 벌들이 먹을 걸 '충분히' 남겨두고 꿀을 채취한다는 게 애초에 가능하긴 한 걸까? 충분히 남긴다는 기준을, 그것을 가져가는 쪽에서 정하는 것은 타당한가? 가이아에게 혹시 꿀을 팔기도 하느냐고 묻자, 본인들이 얼마나 오랜 시간 정성껏 벌들을 돌보는데 꿀을 팔지 않으면 무얼 먹고 사느냐고 내게 되물었다.

나는 사랑하는 가이아가 권한, '세상에서 가장 윤리적인 꿀'을 끝내 한 스푼도 먹지 못했다. 무엇보다, 그가 '인도적인 착취'를 자랑스러워하는 태도를 견딜 수 없었기 때문이다. 무얼 먹고 사는지가, 주변 사람들이 모두 먹는 걸 거부하는 행동이 가족과 친구 사이에 작용하는 지속적이고 미묘한 자극은 실로 흥미로웠다. 하루 세 끼, 불가피한 식탁 위의 만남이 이어지면서 우리의 관계는 위태롭게 삐걱거렸다. 어떠한 주장도 하지 않았음에도, "네 신념을 다른 이에게 강요해선 안 된다"라는 조언이 나를 끈질기게 따라다녔다.

이탈리아를 떠나, 나의 또 다른 시스터인 아나Ana를 만나러 헝가리 국경 근처 슬로베니아 무르스카소보타Murska Sobota 외곽의 작은 마을로 향했다. 유럽여행 초기에 그 나라 수도 류블랴나에서 예술대학에 다니던 아나를 카우치서핑을 통해 처음 만났다. 그 뒤로 그는 히치하이킹으로 인도까지 갔다가 3년 만에 막 고향에 돌아온 참이었다. 기적적인 타이밍으로 오랜만에 만나 신이 난 우리는 한참 동안 여행 이야기를 나눴다. 아나도 여행 중 비건이 되었다고 했다. 식사시간마다 부모님으로부터 괴짜 취급을 당하던 아나에게는, 동물을 먹지 않는 다른 한 사람의 존재가 큰 힘이었다.

아나의 아빠 필립Filip은 얼마 전 부업으로 양봉을 시작했다. 그는 집에서 소규모로 정성껏 보살핀 벌을 통해 인도적으로 꿀을 얻는다고—가이아처럼—자부했다. 그렇지만 보호장구로 무장을 하고도 그는 매일 수많은 벌에 쏘였다. 어느 날은, 더 많은 꿀을 얻으려 주기적으로 벌집을 다른 장소로 옮기는 과정에서 상자에 깔려 죽은 벌들의 사체가 내가 직접 세어본 것만해도 삼백 구는 되었다.

내가 이 많은 벌들이 어떻게 여기로 오게 되었느냐고 묻자, 그는 인터넷으로 여왕벌을 '분양'받았다며, 주문할 수 있는 웹사이트를 알려주었다. 소나 돼지처럼 강제로 정액을 주입당해 복제된 여왕벌이 상품화되어 팔리고 있는 세상이었다. 여왕벌이 머무는 곳에만 일벌이 모여 꿀을 만들기 때문에, 필립은 배송받은 여왕벌이 날아가지—도망치지—못하도록 그의 날개를 잘라냈다. 그 방법 역시 인터넷으로 배웠다고 했다. 장애를 입은 여왕벌이 따뜻한 상자 안에서 보호받으며 살고 있었다.

본업이 수의사인 필립은 나를 동물애호가 정도로 생각했는지, 어느 날은 돼지를 보러 가고 싶냐고 물었다. 이웃 가족이 전통적인 방식으로 운영하는 소규모 돼지농장에 '임신 시술'을 하러 간다는 것이었다. 한 가정집(푸른 들판과 언덕으로 둘러싸인 그 한적한 동네의 모든 집은 마당이 딸린 전원주택이었다) 뒷마당에 시멘트로 대충 지은 작은 창고식 건물이 있었다. 문을 열자 한 줄기 햇빛이 건물 안으로 들이닥치며, 풀풀 날리는 빼곡한 먼지가 적나라하게 드러났다. 나는 곧

바로 지독한 암모니아 냄새와 꽥꽥거리는 소음에 압도되었다.

죽으러 가는 길의 돼지는 만나봤지만, 그들이 갇혀 사는 공간에 방문한 것은 처음이었다. 창문이 없고 한기가 도는, 어두컴컴하고 축축한 방이었다. 인간을 포함한, 그 어떤 동물이라도 그 안에 갇혀 있으면 '더럽고 멍청한' 이미지를 덮어쓸 수밖에 없어 보였다. 돼지의 습성이 그런 게 아니라 인간이 돼지를 그렇게 보이도록 조작한 것이었다. 그들을 동물이 아닌 '식량'으로 바라보는 위계적 시선과, 그에 기반해 우리가 만들어낸 환경이 그런 조작을 가능하게 했다. 그 안에서는 서로의 오물을 뒤집어쓴 아기들이 비명을 지르며 생난리를 치고 있었다.

옆 칸에는 그들의 엄마가 음울한 표정으로 서 있었다. 충격적일 만큼 거대한 몸집에 비해 너무나 비좁은 공간만이 그에게 허락되어 있었다. 필립이 확인해보니 그날은 아슬아슬하게도 배란일이 아니어서 돼지를 임신시키는 장면을 보지는 못했다. 어찌됐든 그는 며칠 후, 그리고 몇 달 후 또다시 그 짓을 당할 것이었다. 만약 내가 방문했던 그날에 '시술'이 벌어졌다고 해도, 나는 그걸 망연히 바라보기만 했을 것이다. 만

이웃집 창고 안의 돼지들

약 용기를 내어, 혹은 그저 견딜 수 없어서 수의사의 행위를 직접 나서서 막았다고 해도, 그것은 일시적이었을 것이다. 나는 그 이상의 무언가를 하고 싶은 마음이 간절했지만, 당장은 무엇을 해야 할지 알 수 없었다.

학살의 기준

아나의 집을 떠나 슬로베니아 북쪽의 이웃 나라 오스트리아의 장크트푈텐Saint Pölten에서 열린 진캠프 Zine Camp에 참가했다. 현지의 캠프 기획자들과 독일, 리투아니아, 벨기에, 포르투갈 등지에서 초대받은 20여 명의 예술가들이 일주일간 스쾃에서 지내며 독립예술잡지를 만들고 전시와 공연이 어우러진 마지막날의 행사까지 직접 기획하는 프로그램이었다. 잡지에 다양한 목소리를 담아내기 위해 일부러 성소수자를 우대해 구성원을 꾸렸다고 했다.

그렇게 모인 참가자들은 사회에서 온갖 혐오와 차별에 시달리며 살아온 경험 때문인지 무척이나 예민하고 감수성이 풍부했다. 상대방의 감정을 상하게 하거나 서로의 경계boundary를 넘지 않도록 강박적일 만큼 신경을 썼다. 이를테면, 친밀감을 쌓고 유대를 다지기 위한 간단한 게임을 할 때였다. 상대방의 어깨나 팔을 툭 건드려 순서를 넘겨야 하는 상황에서, 당사자에게 자신의 신체를 만져도 된다는 허락을 받지 않았기 때문에 손을 댈 수 없다는 의견이 쏟아져 나와 게임이 중단된 적이 있었다. 동의와 합의에 대한 비슷한 논의가 거의 모든 상황에 적용되다 보니, 회의와 워크숍 진행이 다른 행사에 비해 무척 더딘 편이었다.

나는 서로를 세심하게 돌보고 소통할 줄 아는 그 공동체에 신뢰를 품게 되었다. 그래서 어느 날은 개인적으로 불편하게 느낀 지점을 솔직하게 밝혔다. 그곳에서의 식사는 비건식을 기본으로 하여 매끼 다양하고 균형 잡힌 메뉴가 충분히 나오고 있었으나, 온갖 종류의 치즈가 선택사항으로 함께 제공되었다. 거기 모인 사람들이 서로의—특히 성적인—접촉에 대한

'동의'에 아주 민감하기 때문에, 낙농업이 어떤 식으로 여성동물의 재생산성을 착취하는지를 설명하면 그들이 공감하고 연대해줄 거라 생각했다. 이미 사놓은 건 어쩔 수 없지만 이후에는 더 이상 유제품을 구매하지 않고, 향후의 진캠프에서는 이 같은 불필요한 선택사항을 없애는 걸 고려해보자는, 그것이 우리가 지향하는 차별 철폐와 공존의 가치에 부합하는 행동이 아니겠느냐는 의견을 내놓았다. 그런데 회의 진행자는 다른 논의할 사항이 많아서 먹는 것까지 얘기할 시간은 없다며 나의 문제제기를 순식간에 덮어버렸다. 누군가의 목소리가 그런 식으로 묵살된 것은 처음이었다.

그 뒤로 나는 스스로의 소통 능력이 부족하다는 생각에, 말보다는 예술이나 창작물로서 내가 하고자 하는 이야기를 전하는 데 관심을 갖고 힘을 쏟게 되었다. A4용지 한 장으로 만드는 미니 잡지 워크숍에서는 암소를 강제로 임신시키고, 9개월 후 태어난 새끼를 하루 만에 납치해 격리하는, 이러한 방식으로 짜낸 소젖이 '행복한 소, 로컬, 유기농' 따위의 포장에 가려져 죄책감 없이 소비되는 현실을 담아냈다.

진캠프의 일정을 마무리하는, 모두가 서너 페이지씩 참여해 다 함께 만드는 잡지에는 특히 퀴어, 페미니스트, 환경운동가가 축산업에 저항하지 않는 것이 얼마나 비논리적인지, 그리고 왜 본인들은 불평등과 부정의에 맞서 싸우면서 축산업의 폭력성을 드러내는 작업에만 '강요하지 말라'고 하는지 의문을 던지는 콘텐츠를 수록하려고 했다.

잡지가 인쇄되기 직전에 내 원고를 본 참여자 한 명이 나를 따로 불러냈다. 그는 '홀로코스트holocaust, 대참사, 대학살이라는 뜻으로, 주로는 1930~1940년대 나치에 의한 유대인 대학살을 지칭하는 용어로 쓰임'와 '강간'이라는 단어를 동물에게 적용해 인간과 비교하는 내용이 들어간 잡지에 자신의 글을 함께 실을 수 없다며, 내가 쓴 글을 빼달라고 요청했다.

누군가의 격렬한 반대를 무릅쓰고 잡지에 실어야 할 만큼 완벽하다고 생각되는 글은 아니어서 일단 알겠다고 했다. 하지만 우연히 그 대화를 듣게 된 다른 참가자가 검열에 대해 문제를 제기하는 바람에 모두가 있는 자리에서 내가 '홀로코스트'라는 단어를 잡지에 실으려 했음이 드러났다. 대부분이 격렬한 거부 반응을 보였다.

프로그램 참여자 가운데 절반이 독일과 오스트리아 출신이었다. 그들이 앞장서 나를 둘러싸고 질책하기 시작했다. 축산업을 홀로코스트에 비유하는 걸 유대인이 들으면 얼마나 상처를 받겠냐며, '폭력적인 방식'으로는 대중을 설득할 수 없다고 했다. 나를 인간 혐오자나 인류의 배신자라도 되는 양 비난하는 사람도 있었고, 본인의 도덕성으로는 범접할 수 없는 경지라며 오히려 추켜세우는 사람도 있었다.

종종 그때 그들이 그렇게까지 강렬한 반응을 보였던 이유를 생각해본다. 본인들의 모국에서 자행된 대학살의 역사를 제쳐두고서라도, 그들이 살아온—제1세계의—사회적 질서가 어떤 폭력적인 기반 위에 세워져 있는지를, 사실은 그들 자신이 누구보다도 잘 알고 있는 게 아닐까. 고작 '동물'의 현실에 대한 문제를 제기하며 '평화'에 균열을 내는, 그곳에서 오직 한 명이던 '동양인'—게다가 여성—의 존재가, 그들이 애써 외면하고자 했던 불편한 감정을 자극했던 것은 아닐까.

목에 핏대를 세우며 나의 '잘못'을 지적하던 사람들 앞에서 나는 고개를 숙인 채 아무 말도 하지 못했다. 하지만 언젠가 다시 기회가 주어진다면 나는 그저, 위계와 차별에 저항하는 활동가들과 젠더 폭력의 피해 당사자들에게, 이 명백한 폭력은 왜 폭력으로 보이지 않는지, 이 학살은 왜 학살이라고 부를 수 없는지 묻고 싶다.

평화에 대하여

그날 이후에도, 축산동물이 겪는 현실을 다른 종류의 사회적 억압과 구조적 폭력, 이를테면 노예제나 가부장제 같은 인간의 문제에 '비유'해서는 안 된다는 비판을 종종 마주한다. 그러한 비교가 예기치 못한 트라우마와 부정의를 창출하는 등 '폭력을 재생산'할 위험이 있다는 지적이다. 물론 나 역시 몇몇—특히 백인 중산층을 중심으로 구성된—동물권 단체에서 충분한 사유 없이 여러 사회적 억압을 자극적으로 단순 등치하는 것은 위험하다고 생각한다. 그럼에도 이 글에서는 앞선 비판의 인과관계를 짚고 넘어가야 할 필요성을 느낀다.

미국에서 어느 백인 활동가가 축산동물이 처한 상황을 묘사하며 노예제를 언급했다고 해보자. 그는 아마 '당사자가 아님에도' 동물을 흑인(노예)에 비유했다는 비판을 받을 것이다. 하지만 나는 특정 종의 동물을 소유하고, 가두고, 낙인찍고, 번식시키고, 죽여도 상관없는 존재로 만드는 '가축화'의 과정을 인간에게 확장한 것이 바로 노예제이며, 축산업에서의 감금과 도살 기술을 착안하여 나치의 홀로코스트The Holocaust에 적용했다는 역사적 사실*이 이 논의의 전제

---

* "그 시설들은 실로 거대한 가공 처리 시설이었다. 다만 돼지를 가공 처리하는 대신에, 돼지라고 규정된 사람들을 가공 처리했다"(Judy Chicago, *Holocaust Project:From Darkness into Light*, Viking Penguin 1993, 58: 찰스 패터슨 『동물 홀로코스트: 동물과 약자를 다루는 '나치'식 방식에 대하여』, 정의길 옮김, 휴 2014, 79면에서 재인용). "여기의 많은 일들이 모두에게 너무 친숙하다. '경사로'와 '선별' 같은 단어들. '적합 동물'은 축사로 인도되고, 반면 '부적합 동물'은 특별 동에서 즉각 죽인다." "'상품의 배달', '선적', 병든 동물들의 '특별 처리', 도축의 '절차', 털, 뼈, 피부의 '활용' 등의 기술적 용어들은 희생자와 가해자를 비인격화한다"(같은 책 301면).

가 되어야 한다고 생각한다. 그리고 그 전제를 다 같이 인지하고, 공유하고, 앞으로 해야 할 일을 찾아나가는 것이, 트라우마와 불의를 예방하는 데 훨씬 도움이 된다고 본다. 가축화된 동물이야말로 노예제도 등 수많은 차별과 폭력이 '발명'된 원인이자 모티브이기 때문에, 동물을 인간에 비유했다는 표현은 애초에 앞뒤가 맞지 않는다.

반면 어떤 사건의 폭력성을 드러내고 문제점을 강조하기 위해 인간의 억압을 동물에 비유하는 일은 훨씬 더 자주 일어나고, 거의 비난받지 않는다. 여러 인권운동에서 "우리는 개, 돼지가 아니라 인간이다!"라고 외칠 때, 이 구호는 사실상 폭력을 당해도 마땅한 집단이 따로 정해져 있음을 내포한다. 불법체류자 단속을 비유하는 '토끼몰이'나 외국인 보호소 내의 고문을 형상화한 '새우꺾기'라는 단어 역시, 동물을 향한 부당한 폭력이 인간에게 확장 적용되었다는 가정을 뒷받침해준다.

이제 동물을 인간에 비유하여 폭력을 재생산한다고 가장 흔히 비난받는 "동물 홀로코스트를 멈춰라" Stop The Animal Holocaust!라는 문장을 다시 살펴보자. 인간을 동물에 비유한 앞선 구호와는 정반대로, 이 표현은 동물뿐 아니라 인간의 대학살 역시 당연히 존재해선 안 된다고 전제한다. 그럼에도 이 표현이 훨씬 더 잦은 비판을 마주해야 하는 원인에는 '동물 취급'이라는 관념이 큰 몫을 차지할 것이다. 이러한 인식이 존재하는 한, 동물의 억압을 인간의 억압과 나란히 이야기하는 것은 마치 우리의 인권이 동물의 위치로 끌어내려지는 듯한 불편한 느낌을 야기할 수밖에 없다.

더 이상 소를 강간하는 낙농산업에 기여하지 말자는 의견을 진캠프에서 냈을 때, 한 참가자는 "이곳은 비건캠프가 아니라 진캠프"라고 소리쳤고, 다른 두 명의 참가자는 자리를 박차고 나가버렸다. 사람들은 어떻게 '젖소' 얘기를 여성의 억압과 비교할 수 있느냐며 비난했고, 트라우마를 자극하는 표현으로 인해 누군가 상처받았을 거라고 염려했다. 하지만 그러한 비판이 진심으로 누군가의 정신적 외상을 염려하는 마음에서 비롯되었다면, 그 상처의 궁극적 원인에도 동시에 관심을 기울여야 하지 않을까?

축산업의 현실을 자세히 묘사하거나 인종차별, 성차별 등과 함께 이야기하는 것이 트라우마를 야기하고 폭력을 재생산한다는 우려는 그저 문제제기에서 그칠 뿐이며, 그 우려를 핑계로 어떠한 폭력을 폭력이 아닌 범주로 묶어두고 방치하는 결과를 가져온다. 누군가를 감금, 학대, 살해하는 게 합법인 축산업 체계가 존재하는 이상, 차별과 폭력은 대상을 바꾸어 언제 어디서든 재생산될 수밖에 없다. 지금 이 순간에도 일어나고 있는 거대한 학살을 앞장서 멈추고, 다시는 그런 일이 일어나지 않도록 어떻게든 힘을 보태는 것이야말로 우리 모두를 사회적 외상과 부정의로부터 보호하는 길일 것이다.

축산동물이 처한 상황을 인간동물의 억압과 등치하는 것이 옳으냐 그르냐 하는 인간들끼리의 논의는 정작 우리 모두가 연대해 맞서야 할 폭력적인 시스템을 가리고 문제의 본질을 흐린다. 우려와 비판은 물론 소중하고 중요하지만, 그 우려가 본인의 책임감보다는 죄책감에서 비롯된 여지는 없는지, 그 비판이 혹여나 본인의 행동을 정당화하는 데 쓰이고 있지는 않은지 함께 돌아보았으면 한다. 우리의 죄책감이, 분명히 존재하는 어떤 폭력에 대한 무지와 대상화를 유지시키는 장치가 아닌 변화의 씨앗으로 작동할 수 있기를 바란다. 우리의 트라우마는 비슷한 구조의 폭력을 알아채고 그것을 해결하는 열쇠로 활용됨으로써 온전히

치유될 수 있을 것이다.

　진캠프가 끝난 후에는 수도 빈으로 이동했다. 빈은 여행 중 지칠 때마다 방문해 휴식을 취하는 고향 같은 곳으로, 내가 음악, 영화, 미술 등의 분야에서 예술적 영감과 영향을 가장 많이 받은 도시이기도 하다. 고상한 이미지 이면에 스콧과 프리숍 등 언더그라운드 대안문화가 무척 발달해 있어, 가는 곳마다 흥미로운 일들이 벌어진다. 그곳의 토박이 친구들은 '별 볼일 없는' 빈을 향한 나의 뜬금없는 사랑을 재미있어하며 나를 빈 사람Viennese이라 불러주었다.

　다시 찾은 '고향'은 한결같은 모습이었다. 구시가지에는 모차르트 분장을 한 사람들이 벌이는 클래식 공연 호객 행위가 한창이었고, 관광객을 태운 마차가 유유히 돌아다녔다. 이전까지는 마차의 고급스러운 디자인과 황금빛 바퀴에 눈길이 갔다면 이제는 말들의 시야를 제한하는 눈가리개와 채찍, 아스팔트 바닥, 그리고 그들의 표정과 몸 곳곳의 상처가 새롭게 보였다. 마침 내가 그곳에 머무르던 시기에 디엑스이 빈 지부에서 기획한 첫 번째 마차 방해시위가 있었다. 50명이 넘는 활동가들이 왕궁 앞에 모였다.

우리는 "이것은 문화가 아니라 고문입니다!"It's not culture, it's torture!라고 외치며 발언과 행진을 이어나갔다. 의외로 대부분의 시민과 관광객이 발언자의 말에 고개를 끄덕이며 지지를 표했다. 몇몇은 즉석에서 시위에 합류하기도 했다. 나는 그날의 시위를 기록한 짧은 영상물을 제작해 SNS에 공유했다. 그 영상은 오스트리아는 물론 유럽 전역으로 퍼져나가 1만에 가까운 조회수를 기록하며 수많은 응원 댓글을 받았다.

그때의 경험으로 인해 영상기록 활동의 힘과 운동에서의 내 역할을 다시 한번 확인하는 동시에, '대중이 동의하는' 운동이 아닌 반대세력과 반발backlash이 강한 운동에 집중해야겠다는 생각을 갖게 되었다. 대중을 가장 불편하게 만드는 '해방의 주체'야말로 누구보다 일상적이고 제도적으로 착취당하고 있으며(그렇기에 대중이 가장 불편해하는 것이며), 그들이 해방되었을 시점에는 짐을 끄는 짐승들이나 수족관의 돌고래는 이미 해방되어 있을 거란 확신이 들었기 때문이다.

오스트리아를 떠나 베를린에 도착해서는 소울푸드 키친에서 만난 이란 출신 난민 알리의 집에 방문했다. 그리스에서 마케도니아로 넘어가는 국경에서 수

빈 구시가지의 마차 행렬

도 없이 좌절했던 그는 어느덧 독일인과 결혼해 시내의 깔끔한 아파트에 살림을 차리고 있었다. 그 모습을 본 나는 깊은 안도감과 기쁨에 눈물이 날 지경이었다. 그러나 독일까지 와서, 게다가 '합법적으로' 살 수 있게 된 사람은 정말 극소수였고, 알리에게도 그 사실이 무척 신경 쓰이는 모양이었다. 그는 자유의 몸이 되었음에도 여전히 난민을 위한 활동에 가장 많은 시간을 할애하고 있었다. 그것은 스스로를 위한 행동이기도 했다. 캠프에 갇혀 있는, 그리고 길에 방치된 난민이 어딘가에 존재하는 한 그는 완전히 해방된 것이 아니었다.

독일인이 자신의 '유럽 시민 권력'을 이용해 시스템에 불복종할 수 있는 직접적이고 구체적인 활동 중에는 차를 몰고 국경 지역으로 가서 난민들을 몰래 실어 오는 것과 '위장 결혼'이 대표적이다. 함부르크에 사는 나의 '친척' 로버트Robert네 가족은 어느 미등록 난민 가족에게 본인의 집 지하층 전체를 몇 년간 내어주고 있다(그 정도의 형편이 되는, 방이나 집이 남는 사람은, 특히 독일 교외 지역과 북유럽 도처에 있다). 외국인이 독일인과 결혼하고 5년이 지나면 영주권을 신청할 자격이 주어지는 제도를 이용해 5년 동안만 결혼 상태를 유지했다가 이혼하는 아나키스트들도 있다.

알리와 그의 파트너(그들은 '실제로' 결혼한 것 같았다)와 함께 베를린의 어느 스쾃에서 열린 '이혼 파티'에 갔다. 거기 모인 사람들은 유럽 영주권을 획득할 수 있게 된 한 인간의 해방을 축복하고, 술과 비건 안주, 중고 물품을 팔아 해방운동을 지속하기 위한 기금을 마련했다. 소울푸드 키친에서 만난 필름메이커 아야가 알리를 주인공으로 하여 함께 만든 단편 다큐멘터리 〈I wish I was a bird〉 상영회와 관객과의 대화, 펑크밴드의 공연이 이어졌다. 투쟁이 얼마나 멋지고 즐거울 수 있는지 알게 된 자리였다.

이혼 파티에서는 그 어느 때보다 급진적이고 창의적인, 다양한 투쟁 이야기가 오갔다. 1년 전(2018년 7월) 스웨덴 예테보리에서 벌어진 대학생 에르손Elin Ersson의 불복종 시위도 언급되었다. 터키로 향하는 비행기가 출발하기 직전, 아프가니스탄으로 추방되는 망명 신청자가 같은 비행기에 탑승하고 있다는 걸 알게 된 에르손은 전쟁 중인 국가로 난민을 돌려보낼 수 없다며 자리에서 일어나 착석 거부 시위를 벌였다. 망명 신청자는 결국 비행기에서 내려졌고, 그 장면은 라이브 스트리밍을 통해 전 세계로 공유되었다.

만약 내가 영국 히스로 공항에서 결국 추방당해 강제로 탑승된 비행기 안에서 그 명령에 불복종하고 자리에 앉지 않았다면, 혹은 아프가니스탄으로 추방되려던 그 난민이 그렇게 했다면 어떻게 되었을까. 물론 우리 둘 다 그럴 엄두도 내지 못했을 뿐 아니라 분명 아주 간단히 제압되었을 것이다. 하지만 누구도 자신을 함부로 건드리지 못한다는 것을 아는 스웨덴—혹은 영국 등 '제1세계'의 백인—시민은, 착석 거부만으로도 추방 명령을 받은 사람을 비행기에서 내리게할 수 있었다. 그럴 수 있는 위치와 힘을 가지고 태어난 것이다.

나에게도 어떤 힘이 있다는 것을, 여행을 떠나기 전까지는 알지 못했다. 내가 살던 작은 세상과 좁은 시야 속에서, 나는 언제나 고난과 열등감에 시달리던 약자이자 피해자였다. 그러다 길 위에서, 가자 지구와 난민 캠프, 국경을 비롯한 부당한 시설과 그 경계를 바라보며, 내가 할 수 있고 해야만 하는 일들에 대해 생각해보게 되었다.

축사나 도살장에서 남들을 대신해 손에 피를 묻혀야 하는 이들이 있다는 것도 알게 되었다. 무엇보다 나는 현대사회에서 가축으로 지정된 소, 돼지, 닭이 아닌 인간으로 이 세상에 왔으며, 일하지 않기를, 집 없이 살기를 선택할 수 있었다. 또한 평생 외면하며 살 수도 있었던, 진실을 마주할 여러 번의 기회를 부여받았다. 나는 내게 주어진 수많은 특권을 알아차리고 그에 대한 책임을 느끼며 살아가기로 했다.

문득 가난과 고통의 기억, 여러 구금시설에서 머물렀던 시간, 여성으로 자라며 겪은 온갖 부당한 대우와 시선, 성 정체성의 혼란, 성폭력과 강간 피해 경험, 그로 인한 상처와 트라우마가 오히려 나의 고유한 권력이 될 수도 있다는 생각이 들었다. 그렇게 바깥으로만 표출되던 분노의 에너지를 서서히 내면으로 돌려보았다. 나는 어떤—수많은—부당한 사회구조로 인한 피해 경험자로서, 관련된 문제에 대해 깊이 공감하고 이해하며 진정성 있는 목소리를 보탤 수 있는 사람이었다. 누구보다 힘차고 담대하게 연대할 수 있는 특별한 능력이 나에게 주어져 있었다.

나는 이것을 '당사자의 경험권력'이라 부르고자 한다. 그리고 이 '특권'을 최대한 활용하여, 다른 누군가는 더 이상 그런 일을 겪지 않도록 내가 할 수 있는 최선의 역할을 찾아나갈 것이다. 그것이 바로 자기해방이자, 스스로를 위한 진정한 자유라고 생각한다. 그런 대화를 나누며 이혼 파티의 밤이 깊어갔다. 간절한 마음을 소통할 동료들도, 새로운 세상을 향한 희망도, 막막한 현실에 대한 절망도, 모두 함께였다.

어떤 동네

2019년 10월 4일에는 막연하던 상상 속의 일이 현실이 되어 불쑥 찾아왔다. 불과 몇달 전 디엑스이 한국 지부에서 활동을 시작한 청년 네 명이 도살장 입구에 드러누운 것이다. 그들은 캐리어에 콘크리트 200킬로그램을 쏟아 넣고 서로의 팔을 결박한 채 온몸으로 죽음을 막았다. 거대한 트럭 몇 대가 네 시간 동안 도살장 앞에 줄줄이 멈춰 섰다. 트럭에 실려 끝도 없이 살해기계로 빨려들어가던 새들의 존재가 비로소 세상에 드러났다.

지극히 평범한 사람들이, '불법'을 저질러도 도살장으로 끌려가지는 않도록 보장하는 인권이라는 권력을 이용하여 학살을 중단시킨 비폭력 직접행동이었다. 팔을 결박한 네 명 이외에도 50여 명의 시민들이 본인이 할 수 있는 선에서 그 자리를 지켰다. 이들은 법이 잘못되었음을 증명하고 이에 불복종하는 시민세력이자, '합법적인 학살' 현장의 목격자가 되었다.

그날 세계 곳곳에서 도살장을 걸어 잠그는 글로벌 락다운Global Lockdown 시위가 동시다발적으로 벌어졌다. 잘못된 법을 당당히 어기고, 부당하게 구속된 활동가들이 법정에 서서 '동물권리장전Rose's Law: Animal Bill of Rights'을 외쳤다. 인간에게 착취, 학대, 살해당하지 않을 권리, 보호받을 서식지나 생태계를 가질 권리, 고통과 착취로부터 구조될 권리 등 모든 동물이 마땅히 누려야 할 구체적이고 기본적인 권리를 주장하는 목소리가 법정 안에 울려퍼졌다.

그로부터 몇 주 후에 한국 최초로 축산업 등 동물착취산업의 폐해를 전면으로 드러내는 작은 영화제가 제주에서 열렸고, 내가 만든 영화 세 편이 상영작으로 초청되었다. 주최 단체인 '생명환경권행동 제주비건'의 요청과 지원으로, 나는 유럽을 떠나 태국과 베트남을 거쳐 또다시 제주를 찾았다. 영화제에 이어 다양한 프로그램이 제주도 곳곳에서 일주일간 펼쳐졌다. 덕분에 나도 여기저기 다니며 다양한 분야의 활동가들과 연결될 수 있었다.

　제주 일정이 끝나고는 서울에 잠시 머물렀다. 서쪽 외곽의 주택가, 버스에서 내려 으슥한 골목 안으로 15분쯤 걸어간 후 가파른 언덕을 올라 '집으로' 들어섰다. 북향이라 햇빛이 전혀 들지 않는 그곳은, 자연과 가까워지며 형광등 불빛 아래 있는 것이 괴로워진 나에게는 새삼 너무나 어둡고 '어려운' 공간이었다.

　여행을 떠나기 전 한국에서의 마지막 1년 동안 지내던 엄마 집이었다. 화장실 옆 2평짜리 내 방의 창문 너머에는 이웃집이 지나치게 가까이 붙어 있었고, 그 집의 창문 너머는 또 화장실이었다. 새삼스럽게도, 아침마다 맞은 편 1, 2층의 두 가정에서 온 가족이 변을 누는 소리와 냄새가 창문 틈으로 스며 들어왔다. 이전까지 그런 걸 불쾌하게 느끼지도 않고 살아왔다는 것이 서글펐다. 오래된 우울의 기억이 후각을 통해 슬며시 되살아날 것만 같아, 현관문을 열고 뛰쳐나왔다.

계단과 골목 여기저기에 빚 탕감 스티커가 널려 있고, 여자아이나 개가 얻어맞으면서 깨갱거리는 소리가 배경음처럼 새어나오는 동네였다.

며칠 후에는 또 다른 동네를 만났다. 서울 북동쪽 바깥으로, 지하철과 버스를 여러 번 갈아타고 한참을 달려 도착한 그 지역에는 "악취의 주범인 마니커를 몰아내자"라고 적힌 현수막이 곳곳에 걸려 있었다. 동두천 마니커 '공장' 앞에 활동가와 시민 20여 명이 모였다. 세이브무브먼트의 한국 지부 '서울애니멀세이브'Seoul Animal Save에서 당시 정기적으로 기획하던 비질에 참여하기 위해서였다. 시멘트와 철근을, 그리고 군인들을 한가득 실은 트럭 몇 대가 우릴 지나쳤다.

도살장 쪽으로 가는 길에는 제조공장 지대가 있었다. 얼마 전 들렀다 온 태국이나 베트남으로 돌아간 것처럼 익숙한 동시에, 내가 한국에 있다는 걸 도저히 믿을 수 없을 정도로 낯선 풍경이었다. 그 지저분하고 어수선한 먼지투성이의 좁은 골목을 지나며, 우리가 맞는 길로 가고 있다는 확신이 들었다. 오는 길에 현수막에서 보았던 '악취'라는 단어가 서서히, 그러나 강력하게, 실체를 드러냈기 때문이었다.

도살장 주위로 높은 벽이 둘러쳐져 있었는데, 바로 이전 방문까지는 없다가 이번에 새로 생긴 벽이라고 했다. 우리가 안을 볼 수 없도록 쳐놓은 건지, 악취를 막아보겠다는 의도였는지는 알 수 없었다. 다행히 바로 옆 버려진 건물의 옥상에 올라가 그 벽 안의 풍경을 내려다볼 수 있었다. 왠일인지 우리가 그쪽을 바라보고 있다는 것에 대해서 아무도 신경 쓰지 않았다. 사람들은 그저 본인의 업무에 충실하게 임하고 있었다. 그들은 모두 외국인이었다.

　간간이 벽 너머의 구역 안으로 들어서는 거대한 트럭에는 한 달 동안 몸집만 비대하게 살찌워진 몇천 명의 하얀 병아리들이 욱여넣어져 있었다(그들은 쉬지 않고 삐약삐약 소리를 냈다). 비질의 기획자는 바로 그 도계장조류를 전문으로 취급하는 도살장 한 곳에서만 하루에 20만 명, 전국적으로는 한 시간에 약 12만 명의 닭이 살해당하고 있다고 설명해주었다. 가장 많은 동물을 소비하는 서울에는 정작 도살장이 단 하나도 없다는 말도 덧붙였다.

　하지만 그런 어마어마한 수치나, 곧 죽임을 당할 수많은 새들의 처참한 모습보다 충격적인 건 그곳의 냄새였다. 식어가던 피 웅덩이에 갓 잘라낸 모가지에

벽 너머로 보이던 닭장차

서 흘러내린 열기가 끊임없이 더해지는 냄새, 산더미처럼 쌓인 시체가 서서히 익어가는 냄새… 도살장 내부가 보이지 않아도 무슨 일이 일어나고 있는지 그려질 정도로 생생한 감각이었다. 그것은 태어나서 처음 맡아보는, 치가 떨리도록 역겨운 살육의 냄새였다. 어느 순간부터는 헛구역질이 멈추질 않았다. 한 시간도 버티지 못하고, 나는 정말로 토할 것 같아서 일행에서 멀찍이 떨어진 곳으로 도망쳤다.

그럴 수 있는 나의 삶이, 언제든 떠날 수 있는 나의 특권이, 고작 옆집의 화장실 냄새로 불평하던 자신이 부끄러웠다. 이 동네에서 일상적으로 죽음의 공기를 들이마시며 살아가야 하는 사람들의 생활은 어떨까? 주민들의 반대에 부딪힌 도살장은 또 얼마나 더 가난하고 취약한 지역사회로 밀려나게 될까? 트럭에서 벌벌 떨고 있는 새들을 끌어내 건물 안으로 던지는, 그 안에서 닭들을 거꾸로 매달아 목을 따야 하는 외국인 노동자들의 몸과 마음은 얼마나 망가지고 있을까?

왜 '음식'을 가공하는 공장에서, 입맛을 당기는 게 아니라 정반대로 속을 게워내고 싶은 냄새가 풍겨 나오며, 나는 어떻게 그걸 여태껏 맡아볼 필요도, 기회도 없이 살아올 수 있었던 걸까? 자신을 포함한 수천 명의 오물 속에서 태어나고 자라, 동족의 시체 냄새가 진동하는 이곳에 실려 온 새들의 짧은 생에 대하여, 왜 아무도 알려주지 않았을까? 나는 왜 여태껏 들으려 하지 않았을까? 현장과는 너무나 멀찍이 떨어진 깔끔하고 거대한 도시는, 껍질을 벗기고 토막 낸 누군가의 살점을 포장하여 진열하고 광고하는 이 사회는, 대체 어떻게 이 모든 현실에 대해 아무런 책임을 지지 않을 수 있는 걸까?

5장

새들의 흔적을 따라
걷기

생추어리

　도살장 앞에서 수많은 돼지를 수차례 만났지만, 그들은 나에게 그저 한 종의 동물이라는 뭉텅이의 개념에 불과했다. 마침내 그 안의 존재를 개별적으로 인식할 수 있게 된 건 캘리포니아에서 한국으로 가는 길에 들른 하와이의 오하우O'hau섬에서였다. 알로하 생추어리Aloha Animal Sanctuary라는, 오하우섬 최초의 농장 동물* 생추어리가 바로 며칠 전 문을 열었다는 소식을 듣고 찾아가보았다. 그곳에 당도했을 땐 아직 보수공사가 한창이었다. 나도 합류해 땅을 평평하게 다지고 작은 조립식 창고를 짓는 것을 도왔다.

거기서 하쿠Haku를 만났다. 막 땅을 파고 놀았는지 얼굴 전체에 진흙을 뒤집어쓰고 있는, 몸통에 검은 반점이 여러 개 있는 돼지였다. 몸집은 나보다 훨씬 컸지만 날렵해 보이는 인상이었다. 그에게서는 똥이 아닌 흙 냄새가 났다. 어느 가정집 뒷마당에서 길러지던 하쿠는 도살장으로 끌려가기 직전에 구조되어 이곳으로 왔다. 생추어리의 공동 설립자 한나Hannah Mizuno는 내이름이 하쿠와 비슷하다며 반가워했다. 하쿠와 수줍게 사진 한 장을 같이 찍었다.

오하우섬의 로컬 동물권 단체를 통해 인연을 맺은 네 명의 활동가와 단 한 명의 입주자 하쿠로부터 시작된 알로하 생추어리는 이제 오리, 닭, 염소 등 30명이 넘는 대가족이 함께 살아가는 보금자리이자 평화와 비폭력의 가치, 상호돌봄과 공존, 모든 종種, species을 향

---

* 인간에 의해 가축화된 동물, 사육당한 동물(farmed animal)을 미디어에서 통용하는 번역어인 '농장동물'로 적었으나, 애초에 감금시설을 '농장'이라고 부르는 것에 동의하지 않는 입장임을 밝힌다.

한 존중을 교육하는 지역공동체로 자리 잡았다. 생추어리는 무엇보다 현대사회에서 '음식'으로 지정된 이들을 비로소 하나의 동물로서 마주하고, 그들과 고유한 관계를 맺으며 상호작용할 수 있는 공간이다.

그 이후로 한동안은 여러 생추어리를 견학하며 돌아다녔다. 이탈리아 피사에 위치한 이포지Ippoasi 생추어리에서는 몇 주 동안 머무르며 일손을 도왔다. 말들의 오아시스라는 뜻의 이포지에는 말뿐만 아니라 소, 돼지, 멧돼지, 닭, 오리, 염소, 양 등 무려 80여 명의 동물이 있었다. 내가 가본 가장 큰 규모의 생추어리였다.

그곳에서 도보로 15분 거리에는 돌봄 활동가들을 위한 숙소가 있었다. 당시 그 집에는 상주 활동가 넷, 단기 활동가 한 명이 살고 있었다. 우리는 식사 준비와 청소 등 집안일을 나누어 맡았다. 퇴근 후에는 다 같이 비건 젤라또를 먹으러 가거나 근처 해변에서 수영을 했다. 함께 영화를 보거나 빵을 굽기도 했다. 동물뿐만 아니라 활동가들끼리도 서로 돌보며 이토록 가깝게 지내는 생추어리는 정말 드물었다. 물론 관계가 끈끈한 만큼 갈등과 다툼도 잦았지만, 그들은 사소하고 부정적이라고 여겨지는 감정까지도 터놓고 소통할

줄 알았다. 그것이 이렇게 고된 일을 오래도록 이끌어
온 힘인 것 같았다.

이른 아침 생추어리에 도착하면, 나는 제일 먼저
닭들이 안전하게 자고 있는 오두막집 다섯 개의 지붕
과 문을 활짝 열어 그들을 내보내고 그 안의 지푸라
기를 전부 꺼내 새걸로 갈았다. 닭들이 비운 자리에
는 알이 한두 개씩 놓여 있곤 했다. 첫날 나에게 생추
어리에서의 업무를 가르쳐주던 활동가 수지Susanna가
알을 바닥에 집어던져 깨뜨렸다. 그러자 주변의 닭들
이 몰려와 그걸 순식간에 전부 먹어치웠다. 나는 영
문을 몰라 어리둥절해했다. 그러자 수지는, 알을 낳
는 역할로 지정되어 길러지는 '산란계' 닭은 오랜 선발
번식selective breeding과 유전자 변형을 통해 일 년에 알
을 300개 정도 낳도록 조작되었고(그전에는 십여 개를
낳았다고 한다), 월경을 감싸는 껍질을 생산하느라 알
을 낳을 때마다 몸에서 칼슘이 10퍼센트 정도 빠져나
간다고 설명해주었다(그래서 산란계 공장의 닭을 도살
장으로 보내기 위해 닭장에서 꺼낼 때, 살짝 잡기만 해도
거의 모든 닭의 날개뼈가 부러진다). 닭들은 본인의 알
을, 특히 껍질을 섭취해 결핍된 칼슘을 보충한다고 했
다. 수지의 말을 듣고 보니, 문득 그 알을 인간이—삶

거나 튀겨—먹는 것보다는 닭이 쪼아 먹는 편이 훨씬
더 자연스러워 보였다.

어느 날은 생추어리 운영비 모금을 위해 닭과 오
리 20여 명의 프로필 사진을 찍는 임무를 맡았다. 각
자의 생김새를 구분하고 이름을 외우는 건 금방이었
지만, 그 모습을 적절히 포착하는 건 생각보다 무척
어려운 일이었다. 호기심 많은 새들은 카메라를 보고
렌즈 바로 앞까지 달려들었고, 내가 다가가려 하는 것
을 아주 멀리서부터 눈치채고 숨어 있거나 도망가는
새들도 있었다.

무엇보다 가장 많은 시간과 체력이 소요되는 건
소들의 똥을 치우는 일이었다. 소똥은 일단 양이 방대
하고 정말 무거웠으며, 충분히 마를 때까지 기다리지
않는 한 삽에 잔뜩 들러붙었다. 무더운 여름날 드넓은
초원에 흩뿌려진 똥을 퍼서 수레에 담고, 한쪽에 세워
진 거대한 컨테이너로 옮겨 수레를 비우기를 반복했
다. 수지는 이포지가 우리의 시선으로는 무척 넓어 보
여도, 이 정도 수의 동물이 지내기에는 턱없이 비좁은
땅이기 때문에 매일 똥을 치워야 하는 거라고 말했다.
그렇게 산더미처럼 쌓인 거대한 똥은 근처 여러 농장
에서 직접 찾아와 비료로 쓰기 위해 가져갔다.

돌봄이라기보다는 막노동에 가까운 일이었다. 나는 허리 디스크 때문에 삽질이나 무거운 걸 옮기는 일을 오래 하기는 어려웠는데(무리하면 허벅지부터 발목까지, 잠을 못 잘 정도로 저렸다), 생추어리에서 정말 필요한 건 거의 다 그런 일이었다. 그곳에 몇 년째 살고 있는 네 명의 운영자들도 매일매일 그 일을 함께했다. 말 그대로 돌봄 투쟁이었다.

내가 열심히 똥을 수레에 퍼 담고 있으면 어디선가 '작고 까만'(그건 내가 살면서 정말 많이 들어본 말이기도 했다) 돼지가 스윽, 하고 나타났다. 그의 이름은 픽시Pyxis였다. 그는 슬며시 다가와 내 다리에 코를 문지르고 몸통을 비벼댔다. 픽시가 그러고 있는 걸 보면 똥 푸는 걸 멈추고 그를 쓰다듬어줄 수밖에 없었다. 그러면 픽시는 그 자리에 벌러덩 드러누웠다. 하는 수 없이 그의 옆에 쪼그려 앉아 배를 쓱쓱 만져주면 그는 눈을 감고 입꼬리를 슬쩍 올리며 정말로, 씨익 웃었다.

픽시는 하루도 빠짐없이 적어도 한 번씩은 나를 찾아왔다. 어느 날은 똥이 가득 찬 수레를 밀면서 컨테이너로 향하는 나를 발견한 픽시가, 내 쪽으로 곧바로 달려오는 게 아니라, 나의 동선과 속력을 파악해서 1분쯤 후 내가 위치하게 될 지점으로 정확히 슬렁슬렁 걸어오는 것이었다. 돌이켜보니, 밥 먹을 때를 제외하고(좋아하는 채소나 과일을 먹기 위해서는 다른 돼지들과 경쟁해야 했다) 그는 뛰는 법이 없었다. 꼬리는 무척이나 빨리 흔들어대면서, 마치 생존에 필요한 최소한의 에너지만을 계산해서 유용하게 쓰는 것처럼 언제나 느릿느릿 걸었다. 진정한 한량이었다.

오후 느지막한 시간에 픽시가 보고 싶어서 내가 먼저 그를 찾아간 적도 있다. 생추어리 부지가 꽤나 넓어서 처음에는 한참을 두리번거리며 헤맸다. 픽시는 페파Pepa와 와사비Wasabi와 함께 한쪽의 작은 숲에 누워 낮잠을 자고 있었다. 그곳에 사는 20여 명의 다른 돼지들을 제쳐두고, 픽시는 언제나 페파와 와사비와 함께 같은 자리에서 살을 맞대고 잠을 잤다.

그들이 잘 곳을 정하는 기준은 내가 숲속에서 잠자리를 고를 때와 별반 다르지 않았다. 느티나무 그늘 아래 고요하고 아늑한 공간이었다. 바람이 살랑살랑 불어와 그들의 귀를 간질였다. 코를 골며 곤히 자는 픽시를 깨우고 싶지 않아 멀찍이서 지켜보던 나는 똥을 마저 치우러 들판으로 나갔다. 아무리 길고 단 잠을 자더라도, 깨어난 그가 나를 향해 또다시 느릿느릿 발걸음을 옮길 것을 알았다.

꼬리를 힘차게 흔들며 다가오는 픽시

혁명의 기술

2019년 가을에는 영화제 이외에도 이런저런 일정이 잡혀 한국에 한 달간 머물렀다. 한국에서도 농장 동물 생추어리를 만들고자 하던 활동가 중 세 명을 이포지 생추어리로 견학 보내는 프로그램을 기획하기도 했다.* 내 특기를 살려 가장 저렴한 교통편을 찾고, 경유지인 베를린의 친구 집에서 그들이 일주일간 지낼 수 있도록 연결해주었다. 때마침 열린 서울 비건페스티벌에도 가보고, 작은 상영회를 열고, 한 대학에서 강연도 하게 되면서 한국의 커뮤니티 내에 서서히 적응해나갔다.

늦가을에는 레인보우 브라더 신Shin의 초대로, 대만 북동부의 해안도시 화롄에 위치한 씨엔 예술촌慈恩藝術村에 방문했다. 지방의 인구감소 현상으로 문을 닫고 십 년 넘게 버려져 있던 씨엔 유치원을, 원장의 손자이자 어릴 적 바로 그 유치원에서 자란 유치Yuchi가 물려받아 서너 달 전부터 운영하기 시작한 공간이었다. 중국에서 사업체를 경영하던 그는 물려받은 건물을 통해 돈을 벌기보다는, 독립 예술인들에게 창작 공간을 지원하는 아티스트 레지던시이자 지역 주민들이 다양한 문화와 예술을 쉽게 접할 수 있도록 기여하는 작은 '마을'을 꾸려보고자 했다.

건물 1층에는 개인 스튜디오나 전시 공간으로 쓰일 교실 여러 개와 큼직한 부엌이, 지하에는 악기를 연

---

* 이후 2020년 4월 모두의 해방을 위한 한국 최초의 생추어리 '새벽이생추어리'가 설립되었다. 2023년 5월 현재, 종돈장에서 공개 구조된 돼지 새벽이와 실험실에서 탈출해 부상을 입고 안락사 위기에 처했던 돼지 잔디가 함께 살고 있다.

주하거나 춤을 추기 좋은 연습실, 2층에는 넓은 강당과 좌식 영화관, 그리고 사무실이 있었다. 잔디가 깔린 운동장과 놀이터도 정말 넓었다. 이미 다녀간 화가들의 흔적이 온 벽면을 조화롭게 채우고 있었다. 공간을 둘러보는 것만으로도 수많은 아이디어가 샘솟았다.

나는 2층 사무실 안쪽 2평 남짓의 아늑한 다다미방에 입주했다. 거기서 밀린 사진과 영상 기록을 정리하고, 〈검은 환영〉의 한·영 자막을 제작했다. 일주일에 한 번씩 다 함께 대청소를 하는 시간 이외에 유치는 우리에게 아무것도 요구하는 게 없었다. 그는 그저 입주 작가들이 아무런 걱정 없이 작업에 충실하기를 바랐다. 예술가를 구분하는 뚜렷한 기준도 없었다. 각자가 본인이 예술이라고 생각하는, 평소에 해보고 싶었던 작업에 열중했다. 그러자 놀랍게도 창조적이고 예술적인 어떤 고유한 분위기가 마을 안에 형성되어, 모두가 그 공간을 통해, 그리고 서로에게서 창작의 영감과 동력을 얻었다.

몇 달 후에는 입주 작가들이 자발적으로, 예술촌에서 지내는 동안은 적어도 한 달에 한 번 워크숍을 열어야 한다는 룰을 만들었다. 그렇게 우드카빙, 샌드

애니메이션, 콘택트 댄스, 콤부차 발효 등 일주일에 두세 번의 흥미로운 행사가 진행되어 지역 주민들과 아이들이 수시로 드나들었다. 해질녘에는 마치 레인보우 개더링의 푸드서클처럼, 누군가가 준비한 10~20인분의 식사가 1층 야외 테이블에 차려졌다. 우리는 매일 저녁 다 같이 둘러앉아 밥을 먹고 음악을 들으며 도란도란 이야기를 나눴다.

대만은 불교 등 살생을 금하는 여러 종교의 영향으로 채식 인구의 비율이 세계에서 가장 높은 편에 속하는 사회다. 유치원에서부터 육식을 거부할 수 있는 선택권이 주어지고, 아무리 작고 외진 마을이라도 로컬 채식 식당이 한두 개씩은 꼭 있다. 어느 날은 저녁 식사 자리에서 유치가 "동물복지 달걀은?" 하고 내게 질문을 던졌다. 그는 불교를 수행하기 시작한 10년 전부터 '고기'와 유제품을 먹지 않고 있었다. 인도적인 학살은, 가둬도 되는 존재는, 좋은 시설은 없다고 말하고 싶었지만, 나는 좀 더 계산적인 질문을—전직 사업가인—그에게 되묻는 쪽을 택했다.

— 네가 동물복지라는 뜻에 대해 기대하는 수준의 이미지가 있을 텐데, 아마 드넓은 초원에서 소

규모의 닭들이 '행복하게' 뛰어 노는 모습이겠지? 그런데 대만의 땅값이 대략 얼마지 너는 알고 있지 않아? 그걸 동물복지라고 포장된 닭알의 가격과 비교해보면…

유치는 알아들었다고 짧게 대답한 후, 지난 10년 간 매일 두 개씩 먹었다는 계란을 다음 날 아침부터 곧바로 끊었다(대만에는 이렇게 간단한 대화만으로 결단을 내리는 사람이 드물지 않았는데, 아무래도 전국적으로 잘 갖춰진 채식 인프라와 긍정적인 사회적 시선의 영향을 무시할 수 없을 것이다). 그러자 곧 커뮤니티 내에서 다 함께 먹는 음식은 전부 비건이어야 한다는 의견이 나왔고, 금방 실행되었다. 일주일 후 부엌에는 '비건키친' 푯말이 붙었다. 또 일주일쯤 뒤에는 회의 끝에 예술촌 구역 내에 동물성 식품 반입을 금지하기로 결정했다.

　유치의 환대와 나에게 허락된 작은 개인적 공간은 무척 달콤했지만, 그러한 빠른 변화와 결단이 아니었다면 내가 그곳에서 한 달 이상 머무를 수는 없었을 것 같다. 적어도 내가 거주하는 공간에서는, 동물의 사체를 식탁에 올려두고 그것을 먹는 행위의 '옳고

대만에서 첫 번째로 갖게 된 나의 방

그룹'에 대해 일상적으로 논쟁할 순 없었다. 매일매일 새로운 얼굴이 드나드는 커뮤니티에서는 특히 그랬다. 나에게도 지치지 않고 운동을 지속해나갈 최소한의 경계선이 필요했다.

육식이 기본값이고 '정상적'인 사회에서 개인이 이를 거부하는 데서 오는 모든 불편을 감수하는 것은, 쉽지 않을 뿐 아니라 무척 부당하다. 그렇기에 우리는 개인을 탓하기보다 사회구조적인 변화를 계속해서 요구해야 할 것이다. 그런데 그 과정에서 시스템의 근본적인 전환을 이루고자 하는 이들이 몇 명만 모이면, 우리가 원하고 요구하는 작은 사회가 곧바로 형성될 수도 있다. 우리는 누구의 살도, 젖과 알도 식탁에 올라오지 않는 것이 일상인, 동물을 상품화하고 착취하고 소비하지 않는 것이 보통인, 새로운 환경을, 문화를, 동네를 만들어나갔다.

나는 수요일마다 2층의 영화관에서 무비나이트 Movie Night를 기획해 내가 만든 영화와 더불어 〈도미니언〉Dominion, 2018, 〈액트 오브 킬링〉2012, 〈카우스피라시〉 Cowspiracy, 2014, 〈패스트푸드 네이션〉Fast Food Nation, 2006 등을 입주 작가들, 그리고 지역 주민들과 함께 보며 대화의 장을 만들었다. 수많은 예술가, 음악가, 여행자가 예술촌을 오가며 각자가 겪어온 육식문화의 폭력성에 대해 돌아볼 시간과 기회를 가졌다. 문제의식에 공감하여 생활습관을 바꾸거나 본인의 예술작업에 관련 내용을 반영하는 사람들도 하나둘 생겨났다.

정착 생활이라고는 했지만 간편하게 짐을 꾸려 짧은 여행을 떠나는 횟수와 기간이 점점 늘었다. 타이페이나 가오슝 등 다른 큰 도시에서 열리는 동물권 활동이나 관련 모임에 전부 참석했다(대만은 히치하이킹이 가장 쉬운 나라 중 하나로 유명하다). 이동하는 데에 아무런 부담이 없는—특히 대만처럼 작은 나라에서—노마드적 특성상, 나는 한두 달 만에 전국의 동물권 활동가들을 두루두루 알게 되었다.

한번은 예술촌 사람들 넷과 함께 타이난 시내 한복판에서 '진실의 큐브'The Cube of Truth라는, 도살장 장면이 나오는 화면을 들고 서서, 관심을 갖고 마주하는 시민들과 대화를 나누는 거리행동에 참여했다. 이후 유치는 자신의 동네에서도 그런 활동을 펼치고 싶어 했다. 나는 타이페이의 활동가들을 불러 화롄에서의 첫 번째 큐브를 기획했고(화롄은 한국의 강릉과 비슷한 위치와 분위기의 도시다), 그러는 김에 트레이닝과 워크숍, 네트워킹이 포함된 2박 3일 프로그램을 만들어볼까 고민하는 사이에 일이 커지고 말았다.

그리하여 씨엔 예술촌에서 '화롄동물권캠프'Hualien Animal Rights Camp가 열렸다. 전국의 동물권 활동가 20여 명이 한자리에 모였고 한국의 활동가들도 다섯 명이나 왔다. 설날 연휴 기간이라 예술촌에 놀러 온 여행자들까지 40여 명 규모의 이벤트가 진행되었다. 첫 기획인 데다 예상보다 두 배는 많은 인원에 뭐 하나 계획대로 되는 것 없이 엉망이었지만, 돌이켜보면 그들을 한데 모은 것만 해도 엄청난 일이 벌어졌다고 할 수 있었다.

둘째 날 저녁엔 한국 활동가들이 만들어준 떡볶이와 미역국, 비빔밥을 먹은 후 〈파랑새 방랑학교〉를 함께 보았다. 디엑스이 코리아의 비폭력 직접행동과 시민불복종 전략을 설명하고 식당 방해시위와 공개구조 등 지난 반년간의 활동을 소개하는 자리도 있었다. 이에 자극을 받은 대만의 활동가들은 비건문화를 알리는 것을 넘어선 더욱 급진적이고 혁명적인 행동으로 상상력을 넓혀갔다. 앞으로의 활동과 연대에 관한 토론과 작당모의가 밤늦게까지 이어졌다. 그리고 다음 날 아침, 우리는 각자의 위치로 뿔뿔이 흩어졌다.

부서진 날개

석 달이 훌쩍 지나 대만을 떠나야 했을 때, 샴발라 페스티벌Shambhala In Your Heart에 참여하기 위해 태국 북부 치앙다오Chiang Dao로 향했다. 샴발라는 일본인 기획자들에 의해 10년 넘게 이어져오고 있는, 특히 일본, 대만, 한국, 태국의 대안적 '부족'들이 정기적으로 모이는 가장 크고 중요한 아시안 개더링 중 하나다.

당시에는 코로나 바이러스로 인해 국제적으로 심

상치 않은 분위기가 막 조성되고 있었다. 축제가 끝난 후 육로를 통해 인도로 넘어갈 예정이던 수많은 여행자들이 깊은 고민에 빠졌다. 나 역시 불안한 마음이 들었으나 일단은 버스를 타고, 너무나 가보고 싶었던 미얀마로 향했다. 물론 언제나처럼 출국 계획 없이 이곳저곳 여유롭게 돌아보고 싶었지만, 불현듯 더 이상 세계를 방랑하기 쉽지 않은 시기가 도래하고 있다는 느낌이 들었다(하루하루 비행기표 가격이 폭등했다). 나는 미얀마에 도착하자마자, 그로부터 10일 후 대만으로 돌아가는 표를 예매했다.

그렇게 대만에 도착한 지 5일 만에 국경이 봉쇄되었다. 2020년 3월이었다. 비자 연장을 위해 잠시 출국했던 몇몇 외국인 친구들은 타이밍을 놓쳐 돌아오지 못했다. 다른 국가들도 줄줄이 외국인 입국을 통제하거나 어마어마한 비용이 드는 자가격리를 요구하기 시작했다. 길에서 살아가는 데 다른 어느 때보다 많은 시간과 비용이 들게 되면서, 5~10년차 장기여행자 친구들이 본국으로 돌아간다는 소식이 심심찮게 들려왔다. 나는 아직 그럴 마음이 없었고, 다행히 대만 정부에서 국경 봉쇄 이전에 입국한 외국인들의 비자를 한두 달씩 꾸준히 연장해준 덕분에 생활반경을 좁혀 일

년간 대만에 머무르게 되었다.

내가 태국에 가 있던 당시 대만 활동가 두 명이 가오슝의 어느 육계고기용 닭 농장에서 닭 한 명을 구조한 일이 있었다. 온몸의 깃털이 듬성듬성 빠져 있던 그 닭은 가오슝 교외의 한적한 동네에 위치한 코쿤홈繭族, Cocoon Home에 맡겨지면서 마사Martha라는 이름을 갖게 되었다. 마이크로 생추어리micro sanctuary, 주로 한두 명의 구조된 농장동물과 함께 살아가는, 마당이 있는 집 형태의 아주 작은 규모의 생추어리에 관심이 많던 나는 예술촌에 짐을 푼 지 며칠 만에 마사를 보러 가오슝으로 떠났다.

화롄동물권캠프에 참여했던 코쿤홈의 멤버들이 나를 반갑게 맞이했다. 네 명이 3층짜리 전통가옥에 거주하면서 연극, 콘서트, 퍼포먼스, 파티 같은 다양한 문화예술 이벤트를 기획하는 작은 공동체였다. 옴마Omma라는 개와 고양이 오냐오Oniao도 함께 살고 있었다.

사진으로 본 구조 당시의 모습과는 달리, 마사는 이미 몸이 많이 회복되어 털이 복슬복슬하고 우람했다. 새로운 동물이 코쿤홈에 나타나면 그는 집 앞에 꼿꼿이 서서 다른 동물이 눈을 내리깔거나 등을 돌릴 때까지 노려봤다. 나에게도 그랬고, 한 친구가 데려온, 몸집이 나보다 더 큰 개에게도 그랬다. 그 개가 깨갱, 하며 뒷걸음치는 걸 보고서야 마사는 경계를 풀었다. 서열을 정리하는 것이었다.

마사는 호기심과 장난기로 똘똘 뭉친 생명체였다. 마루에 앉아 있던 나에게 쪼르르 달려온 그가 내 머리카락과 팔찌, 카메라 스트랩을 쪼아댔다. 내가 말을 걸자 그는 아직은 못 알아듣겠다는 듯이, 내 눈동자를 똑바로 쳐다보며 고개를 한쪽으로 갸우뚱거렸다. 그 모습에 홀딱 반한 나는 마사와 같이 살고 싶어졌고, 그곳 멤버들이 모두 동의해준 덕택에 코쿤홈에 둥지를 틀 수 있었다.

그렇게 마사와 가족이 되었다. 매일 아침 내가 현관문을 열고 밖으로 나서면 그가 괴성에 가까운 소리를 내지르며 나에게 돌진해왔다. 처음 봤을 때보다 살이 많이 찐 것 같은데, 그는 허기가 지는지 매 끼를 순식간에 허겁지겁 먹어치웠다. 밥을 주면서 깨끗한 물을 그릇에 받아놓아도, 그는 길거리에 고인 흙탕물을 마시는 걸 더 좋아했다. 가끔씩 마사를 구조한 활동가 잭Jack Chang이 수박이나 망고를 들고 방문할 때면, 마사는 그 어느 때보다 행복해 보였다. 나도 종종 마당에

244

앉아 용과나 바나나를 마사와 나눠 먹었다.

돌이켜보면, 하와이에서는 야생 닭들이 마치 비둘기처럼 흔히 길거리를 돌아다녔다. 한번은 닭 한 명이 나뭇가지를 향해 푸드득 날아오르는 걸 보았다. 가까이 다가가서 올려다보니 그 커다란 나무의 거의 꼭대기까지 닭들이 올라가 앉아 있었다. 그제야 그들이 바로 새라는 사실을 다시금 깨달았다. 코쿤홈에 온 처음 며칠 동안은, 마사도 밤마다 마당의 나뭇가지에 올라가서 잤다고 한다. 그러나 그는 '고기'가 되기 위해 한 달이라는 짧은 평생을 필요 이상으로 살만 찌도록 계량된, 즉 인간에 의해 고의적으로 장애를 입은 몸이었다. 그의 날갯짓은 날이 갈수록 눈에 띄게 버거워졌다.

마사가 코쿤홈에서 살게 된 지 3개월쯤 지난 어느 날, 마당의 풀숲에서 자그마한 알 두 개를 발견했다. 마사의 초경初經이었다. 그 알을 살며시 집어들어 손에 쥐어보면서, 나의 첫 월경을 떠올렸다. 초등학교 6학년 때였다. 마사는 그의 '타고난 운명'보다 세 배를 더 살았는데, 이제야 막 '청소년기'에 접어든 것이었다. 여태껏 내가 얼마나 어린 닭들(육계)의 몸을, 그리고 그들(산란계)의 월경을 집어삼키고 있었던 것인지 생각하니 정신이 아득해졌다. 알을 낳은 날이면 마사는 가족들이 마당을 돌아다녀도 평소처럼 졸졸 따라다니지 않고 본체만체하며 가만히 알을 품고 앉아 있었다. 그럴 땐 그에게 조금만 다가서도, 마치 우리가 처음 만났을 때처럼 예민하고 신경질적으로 굴었다.

하루는 다다미 마루에 앉아 빗소리를 들으며 책을 읽던 나에게 마사가 다가와 안긴 적이 있다. 마사는 비 맞는 걸 싫어했다. 비를 피해 내 무릎 위에 편안히 자리 잡은 그의 목덜미를 살살 쓰다듬자, 방금 전까지만 해도 똘망똘망하기 그지없던 마사의 눈망울이 스르르 감기기 시작했다. 눈꺼풀을 꿈뻑이던 속도가 서서히 늦어지다가 그대로 멎은 순간, 나는 울컥하는 마음을 진정시키려 노력하며 그가 깨지 않도록 숨죽여 울었다. 마사는 나를 신뢰했다. 자신을 가두고 살찌워 죽이려 했던 인간이라는 종족을 말이다. 그것은 평생 받아서는 안 될 용서와도 같았다.

내가 코쿤홈에 이사 온 바로 다음 날, 유기견 보호소에서 입양된 옴마가 밤새 시름시름 앓다가 죽었다. 태어난 지 불과 한 달밖에 안 된 옴마는 코쿤홈에 오기 전부터 이미 몸이 비쩍 마르고 아픈 상태였다고 했다. 다른 여느 새끼 강아지들과는 달리 옴마는 활기가 없고 지쳐 보이는 슬픈 눈을 하고 있었다. 그가 떠난 후 남겨진 앙상한 육체를 땅에 묻으며, 동물이라는 존재에 대해 생각했다. 어느 한순간에 '숨'이란 게 거두어지고, 더는 꼼짝도 하지 않는 '몸'을 바라봤다. 그것을 내 입속에 넣었던 기억이 울렁거리며 올라왔다. 우리는 한 줌 한 줌 흙으로 옴마의 모습을 지워나갔다.

옴마가 떠나고 몇 주 후에는 활동가 잭과 아담Adam Chen이 가오슝 근처 도살장 앞에 갔다가 오리 한 명을 구조해 코쿤홈으로 데려왔다. 코쿤 가족들은 논의 끝에 그를 받아들이기로 했고, 까까Gaga라고 이름 붙였다. 까까는 마사와는 달리 누가 쳐다보기만 해도 혼비백산하며 멀찍이 달아났다. 다행히 마사와는 꼭 붙어 다니며 친하게 지냈다. 동족의 피와 사체 냄새가 진동하는 곳까지 도달했던 까까가 인간을 무서워하거나 싫어하는 것은 당연했다. 아무리 세월이 흘러도, 어떠한 좋은 환경과 대우도, 감히 그 누구도, 까까가 겪어야 했던 일들에 대해 조금도 보상해줄 수 없을 것이었다. 인간을 향한 그의 트라우마적 반응 자체가 폭력적인 현실의 생생한 증거였다. 그런 그를 마주할 때마다 죄스러운 마음에 몸이 부르르 떨렸다.

어느 날 아침에는 까까가 뜬눈으로 이웃집 마당

에 벌러덩 드러누워 있었다. 내가 다가가도 그는 더 이상 도망치지 않았다. 그를 그렇게 가까이서 바라볼 수 있었던 건 처음이었다. 아침 햇살에 비친 그의 새하얀 깃털은 눈부시게 아름다웠고, 눈망울에는 옅은 푸른 빛이 돌았다. 손을 뻗어 그의 눈을 감겨주고 싶었지만, 식은 몸뚱이조차 함부로 만지기 어려울 정도로 까까는 위엄 있는 존재였다. 가족들을 깨워 그의 몸을 옴마 옆에 묻고 간단한 장례를 치렀다. 마사도 땅에 묻혀가는 까까를 내려다보며 우리 곁에 머물렀다. 까까가 어쩌다 죽게 되었는지는 몰라도, 새들에게 코쿤홈이 충분히 안전하지 않다는 것은 명백했다. 그걸 뻔히 알고도 우리는 괜찮을 거라 현실을 부정하고 회피하며, 바쁘거나 무기력하다는 각자의 이유로 꼭 해야 할 일을 미루고 또 미뤘다. 그리고 그에 따른 대가는 머지 않아 찾아왔다.

대만 사람들은 매년 여름 배고픈 유령들이 인간 세상에 방문해 영혼을 먹어치우러 돌아다닌다는 고스트 먼스Ghost Month, 유령의 달를 기념하고, 두려워한다. 고스트 먼스가 시작되기 한두 달 전부터 작년 혹은 재작년에 일어났다는 이런저런 괴담이 들려왔다. 일 년 중 적어도 한 달은 죽음에 대한 경각심을 갖고 지난 삶을 돌아볼 수 있는 좋은 이벤트이자 재미있는 미신이라고 생각했다. 고스트 게이트Ghost Gate, 유령의 문가 열리던 8월 19일 밤, 마사가 사라지기 전까지는 말이다.

새벽에 문득 불길한 기운이 엄습해 뒤척이다가 네시 반 즈음 잠에서 깼다. 현관을 열었는데 마사가 나에게 달려오지 않아서 이상했지만, 평소보다 조금 이른 시간이라 그런가 보다 하고 넘겼다. 날이 밝은 후 다시 나가보니 집 앞의 길가에 깃털 몇 개와 작은 핏자국 같은 게 보였다. 그제야 정신이 번쩍 들어 가족들을 깨워 온 동네를 뒤져봤으나 마사는 이미 어디론가 사라진 뒤였다. 그날 오후, 집 앞에서 햇살을 쬐며 앉아 있던 옆집의 이웃이, 어젯밤 처음 보는 다른 동네의 개가 와서 닭을 잡아먹었다고 말했다. 아니, 누군가 그의 말을 나에게 그런 식으로 통역해주었다.

그 말을, 그 번역을 처음에는 믿지 않았다. 고스트 먼스 이야기를 처음 들었을 때처럼, 나는 황당한 듯 웃었다. 하지만 그 말이 사실이든 아니든, 내가 그 말을 믿든 말든 상관없이, 마사는 돌아오지 않았다. 그러니까, 나는 두 번 다시 마사를 만날 수 없게 된 것이다. 그가 코쿤홈에서 살게 된 지 6개월 만이었다. 옴마와 까까처럼 호흡을 멈춘 몸을 직접 보지 못한 나는

보고 싶은 까까와 마사

그 일을 인정하고 받아들이기가 무척이나 어려웠다.

그날이 바로 고스트 게이트가 열린 첫 번째 날이었다는 사실은 꽤나 소름 끼치는 일이었지만, 유령 탓을 하고 넘겨버리기에는 우리의 잘못이 너무나 컸다. 닭이나 오리처럼 도처에 포식자가 많은, 게다가 축산업에 의해 신체가 변형되어 야생에서 더욱 취약해진 동물을 '자유'라는 명목으로 '자연' 상태로 방치한 것이다. 마사는 나무에 올라가서 잘 수 없게 된 이후로 밤마다 집 안으로 들어오려고 했다. 안전한 공간에서 밤을 보내고 싶다는 욕구를 충분히 표현했다. 그것도 아주 여러 번 그렇게 했다. 그리고 우리 모두가 그의 말을 알아들었다. 그때마다 다들, 다음에는 꼭 집을 지어줘야지, 다짐만 했다. 이탈리아의 생추어리에서 해 질 녘 닭들을 집에 들여보내고 문단속을 한 뒤, 아침마다 그 문을 열어주던 내가 그랬다. 심지어 까까가 죽은 후에도, 우리는 마사를 사랑하기만 할 뿐, 아무도 책임지지 않았다.

증인들

마사를 잃은 상실감과 죄책감에 시달리던 나는 얼마 후 코쿤홈을 떠나 타이난으로 이주했다. 예술가들이 많이 모여 사는 한가롭고 느긋한 도시였다. 허비보보Herbibobo, 초식동물의 영어단어 herbivore를 캐릭터화한 이름라는 애니메이션 스튜디오를 운영하며 스티커, 티셔츠 등 동물권 캠페인 굿즈를 만드는 아담과 에린Erin Yu의 집에서 집안일과 식사준비를 도우며 당분간 함께 지내게 되었다. 동네 비건 버거 가게를 운영하는 케빈^{Kevin}과 함께 평일 저녁마다 공원에서 치궁^{氣功, Qigong}을 수련하고, 친구들과 해변에 모여 즉흥 연주를 하고, 이런저런 독립 예술공간에서 내가 만든 영화를 보여주며 새로운 삶을 꾸려나갔다.

어느 주말에는 타이페이와 가오슝에서 동물권 활동가 세 명이 타이난에 놀러 왔다. 우리는 맛있는 걸 양껏 나눠 먹으며 앞으로 어떤 활동을 함께해나갈 수 있을지 이야기를 나눴다. 축산업이라는 어마어마한 대자본과 맞선다고 생각하니, 고작 인간 여섯 명의 모임은 너무나 연약하고 부질없게 느껴졌다. 그때 아담이, 만약 우리가 나치 시대의 독일인이었다면 무엇을 했을까, 하고 물음을 던졌다. 잠시 생각에 잠긴 나는 무엇보다 먼저 수용소를 찾아갔을 것 같다고 말했고, 모두가 고개를 끄덕였다.

주변의 가축 수용시설을 '견학'하기로 한 우리는 오토바이 세 대를 나눠 타고 도시 외곽으로 무작정 달렸다. 수도권에서는 꽤 거리가 있는 대만 남서부 타이난 근교에는 축사와 도살장이 밀집되어 있다. 그 덕에 멀리 나가지 않아도 우리가 찾고자 하는 장소에 어렵지 않게 도달할 수 있었다.

첫 번째로 눈에 띈 곳은 산란계 농장이었다. 수십, 수백 열의 닭장battery cage이 두 개 층으로 웅장하게 늘어서 있었다. 흰 깃털에 빨간 벼슬을 가진 수천 개의 '구멍'이 그 안에 갇혀 있었다. 거기서 나온 알은 그곳의 노동자들이 쉽게 주워 갈 수 있도록, 살짝 기울어진 닭장 한쪽으로 굴러 떨어져 모였다. 알이 나오는 구멍과 같은 구멍에서 나온 배설물은 닭장 아래에 쌓여 거대한 산더미를 이루고 있었다(적어도 몇 달은 치우지 않은 것이 분명했다).

그들이 '살고 있는' 방 한 칸 한 칸에서는, 무작위로 배정된 서너 명의 룸메이트들이 서로를 짓밟고 올라서기 위해 단 한순간도 쉬지 못하고 발버둥치고 있었다. 그렇지 않으면 다른 닭에게 짓밟힌 채 여생을 보내야 하기 때문이었다. 내가 살던 기숙사의 백열등을 꼭 닮은 조명이 그들의 숙소에도 쨍하니 켜져 있었다. 수면시간을 조작해 최대한 많은 알을 효율적으로 뽑아내기 위함이었다. 해 질 녘이 되면 어김없이 꾸벅꾸벅 졸기 시작하던, 새벽 어스름에 누구보다 일찍 일어나 밥 먹을 준비를 하던, 온 동네를 활개 치며 뚜벅뚜벅 걸어 다니던 마사가 떠올랐다. 그렇지 않았더라면, 그들의 기숙시설이 그토록 잔혹하게 느껴지지는 않았을 것이다.

근처에 비슷한 시설이 하도 많아서 우리는 자꾸만 오토바이를 멈춰 세워야 했다. 도살당하기 위해 태어나고 복제된 존재들이 각자 다른 곳을 바라보며 저마다의 짧은 생을 견뎌내고 있었다. 수많은 마사와 까까를 마주쳤다. 그들이 실제로 그 안에 있었다고 해도, 나는 전혀 알아보지 못할 것 같았다.

우리는 사진작가와 기자, 시인, 음악가이자 시위와 비질을 위해 장소를 물색 중인 기획자였다. 나는 영상기록 활동가가 되어 있었다. 미리 의논하지 않았음에도, 우리는 각자의 역할을 자연스럽게 수행했다. 누군가 왜 그런 짓—축사와 도살장에 몰래 들어가는 일—을 하느냐고 묻는다면, 우리는 학살의 현장과 좀 더 가까운, 좀 더 직접적인 증인이 되고자 한다고 답할 것이었다. 홀로코스트 생존 작가 프리모 레비Primo Levi의 말처럼 진정한 증인은 이미 다 죽었지만,[*] 우리는 현장에 직접 존재했던 목격자가 되어, 더 나아가서는 학살을 목격함으로써 정신적 외상을 입은 '당사자'

---

[*] 프리모 레비 『가라앉은 자와 구조된 자』, 이소영 옮김, 돌베개 98~99면 참고.

가 되어, 새로운 시선—진실—을 이 사회에 전하고 요구할 것이었다.

그렇게 묵묵히 수많은 '어떤 동네'를 돌아다녔다. 더 많은 시설에 들어가볼수록 유독가스를 들이마신 듯 머리가 아프고 속이 메스꺼워졌다. 옷과 머리카락에 수용소의 냄새가 배어들었다. 어떤 주민들은 축사 바로 옆에 살고 있었다. 농장 근처의 모든 개울과 하천은 심각하게 오염되어 '똥물'이라고 부르기에 무리가 없었다. 누군가는 그곳의 지하수를 끓여 마실 것이다.

태어난 지 며칠 안 되어 보이는 아주 작은 송아지가 쌀 가마니 같은 걸 뒤집어쓴 채 엎드려 있는 걸 보았다. 그의 무기력한 눈빛이 옴마의 그것과 꼭 닮았다. 내가 다가가자 그 송아지는 혀를 날름거리더니 내 손가락을 입에 물고 쪽쪽 빨기 시작했다. 태어나자마자 엄마와 분리된 아기 소들이 젖을 먹지 못해 그런 행동을 한다고 들은 적이 있어서, 그의 옆에 주저앉아 한참을 그러도록 놔뒀다. 젖노예가 될 그의 미래를 알고 있는 우리는 그를 그대로 남겨두고 떠나기가 쉽지 않았다. 그가 물었던 내 손에는 '하찮은' 생명의 온기가 하루종일 남아 있었다.

도살장 내부에 들어가지는 못했지만, 건물 뒤편에

쌓인 플라스틱 통에서 새어 나오는 검붉은 피를 보았다. 통 안에는 몸에서 갓 분리된 듯 '싱싱한' 내장이 가득 차 있었다. 어느 유기견 보호소 바로 옆에는 소와 돼지를 현장에서 도살하고 곧바로 구워 먹을 수 있는 식당이 딸린 경매장이 있었다. 그곳에 도착해 트럭에서 강제로 끌어내려지는 돼지들을 멀찍이서 바라보았다. 두려움에 꿈쩍도 않던 돼지일수록 호되게 얻어맞았으며, 결국엔 도살기계가 있는 건물 안으로 차례차례 들여보내졌다. 모두의 몸이 상처투성이였다.

새끼를 생산해내는 '역할'을 부여받은 암돼지들의 수용소에서 그들의 눈동자, 그 참혹한 어둠의 심연과 마주했을 때, 나는 '고기'로 길러지는 닭이 한 달 만에, 돼지가 여섯 달 만에, 그러니까 아주 어릴 적에 살해당하는 것이 어쩌면 정말 다행이라는 생각마저 들었다. 종돈장의 어미들은 몸을 한 바퀴 돌릴 수도 없는 좁은 틀 안에서, 아무런 기약 없이 임신과 출산을 반복하고 있다. 여성의 몸을 이보다 더 근본적으로 착취할 방법이 있을까? 이런 행위가, 이 세상이 인간 여성 동물을 대하는 태도와 과연 무관할까?

어느 축사 입구에는 네 다리를 공중으로 뻗은 채 뻣뻣하게 굳은 돼지 사체가 아무렇지도 않게 버려져 있었다. 그의 몸에 난 상처 주변에 파리떼가 우글거렸다. 그곳에는 지키는 사람이나 개가 없어서 안으로 들어가볼 수 있었다. 한쪽 칸에 있던 새끼 돼지들이 인기척을 듣고 우리 쪽으로 우르르 몰려왔다. 복도를 사이에 두고 맞은편 칸에는, 바깥에 버려져 있던 사체와 비슷한 크기의 돼지 한 명이 덩그러니 놓여 있었다.

손전등을 켜고 울타리 안으로 넘어가, 누워 있던 돼지에게 가까이 다가갔다. 그의 네 다리는 하나로 꽁꽁 묶여 있었고, 엉덩이 쪽에 커다란 염증이 있었다. 병든 돼지를 치료해주기는커녕, 상품성이 떨어진 그를 처리하기 번거로워서 알아서 죽을 때까지 방치해놓은 것이었다. 그 돼지는 몇 초간 온몸을 파닥거리며 발작하다가, 힘을 쭉 빼고 그 자리에 늘어지기를 반복했다. 그 처절한 몸부림을 보고 있자니, 차라리 그의 숨을 끊어 고통을 멈춰주고 싶은 욕구가 들었지만, 맨손으로는 몸집이 나만 한 돼지를 죽일 방법이, 그럴 능력이 나에게 전혀 없다는 걸 절실히 깨달았다. 아파서 시름시름 앓고 있는, 사지가 묶인 채 완전히 무방비 상태인, 생후 6개월도 채 안 된 아기 돼지조차 말이다.

낮은 벽이 허물어져 안이 훤히 들여다보이던 착유장

죽음에 대하여

세상을 떠나기 전날, 마사는 유난히 다다미 마루 위에서 밤을 보내고 싶어 했다. 나는 처음으로 그와 함께 마루에서 자볼 생각으로 2층에서 침낭을 챙겨서 내려왔다. 하지만 마사의 똥을 치우는 일을 포함하여 코쿤홈 구석구석을 깨끗이 유지하던 가족 구성원 중 한 명은 내가 그러지 않기를 바랐다. 아침마다 밥 주는 역할로 마사와 가장 긴밀하게 지내면서, 정작 마루나 현관 주변의 똥을 단 한 번도 치우지 않아 지적을 받았던 나는 그의 말을 따를 수밖에 없었다. 아니, 그에게 한 번 더 물었어야 했다. 충분히 그럴 수 있었다. 다음 날 내가 깨끗이 청소해놓겠다고 그를 설득했어야 했다.

나의 의식은 자꾸만 그날로 되돌아간다. 나는 그날 마사에게 잘 자라고 말한 뒤 현관문과 셔터를 닫고, 그러니까 그를 마당에 내버려둔 채 침낭을 들고 2층으로 올라갔다. 그날따라 무척 피곤하기도 해서 다른 날 같이 자는 게 낫겠다고 생각했다. 그게 언제든 가능할 거라 믿었다. 새벽녘 바깥에서 들려온 어떤, 평소에 듣지 못하던 소리를 듣고 잠에서 깨 뒤척였을 때 곧바로 밖으로 나가볼 정도로만 남에게 신경 쓸 줄 알았다면, 적어도 침대에서 일어나 바로 옆방의 커다란 창문을 내다볼 정도로만 세상에 대한 궁금증이 남아 있었더라면.

아침마다 현관을 열면 마사가 나에게 곧장 달려오고 있다는 착각에 빠지곤 했다. 마당에 놓인 마사의 밥그릇을 습관처럼 집어 들었을 때에야 그의 환영이 스르르 사라졌다. 나는 그릇을 바닥에 도로 내려놓고 머리를 긁적이며 방으로 돌아갔다. 이 급격하고도 일상적인 변화에 대해서, 아직까지 한 번도 목놓아 울지 못했다. 그가 잠시 여행을 떠났는지도 모른다고, 나는 아직도 그렇게 믿고 있는지도 모르겠다.

며칠 후 가오슝 시내에 살던 절친한 친구 아이단 Aidan의 집을 찾았다. 마침 그 집에 놀러 와 있던 안드레아Andrea와 셋이서 함께 카페에 갔다. 안드레아는 나처럼 집 없이 살며 히치하이킹과 덤스터 다이빙으로 연명하는, 그렇지만 나보다는 좀 더 '극단적'인 프리건 freegan, 무소비주의자이었다. 나는 스코틀랜드나 노르웨이 같은 데서는 돈을 안 쓰는 것이, 태국이나 대만 등 물가가 저렴한 곳에서는 적당히 쓰는 것이 효율적이라 생각하며 유동적으로 움직이는 내 나름의 기준이 있었는데, 안드레아는 화폐라는 개념 자체를 거부하는 듯했다. 돈을 아예 소유하지 않고, 한 푼도 안 쓴다고 봐도 과언이 아니었다. 그는 스페인의 카나리아섬에서 세일링 보트를 히치하이킹해서 남미까지 항해를 다녀온* 장본인이었다.

우리는 여러 가지 견과류를 갈아서 크림을 만들어 차 위에 듬뿍 올려 파는, 조금은 고급스러운 비건 카페에서 마사가 사라진 사건에 대해 이야기하고 있었다. 안드레아는 나와 아이단이 주문한 차를 몇 모금 홀짝거렸다. 차 한 잔은 당시 50~70NTD^{신대만 달러, 2천~3}^{천 원} 정도로 대만에서는 든든한 한 끼 식사를 할 수 있는 금액이었지만, 당시 소소한 수입원이 있던 나에게 그렇게 큰 부담이 되는 돈은 아니었다. 안드레아에게 차 한 잔을 사줄까 하는 생각이 들었으나 마음속으로만 내내 고민하다 말았다. 그로부터 딱 일주일 후 안드레아가 세상을 떠났다는 소식을 들었다. 고스트 게이트가 여전히 열려 있던, 화창한 여름날이었다.

스페인에서 태어난 안드레아는 중학교를 자퇴하고 무려 십 년째 여행 중이었다. 씨엔 예술촌에서, 코쿤홈에서, 아이단의 자취방에서, 내가 종종 방문하던 만저우^{Manzhou} 지역의 랄라^{Lala}네 게스트하우스에서, 우리는 잠깐 마주치거나 살짝 엇갈리면서 자주 서로의 이야기를 전해 들었다. 말하자면 수많은 집을 공유하는, 동거인이나 다름없는 사이였다. 슬픔보다 먼저, 죽

---

* 조류의 흐름에 따라 매년 카나리아에서 카보베르데(Cabo Verde)를 거쳐 남미로 향하는 항해자들이 유난히 많은 시즌이 있다. 보트 정박지에서 직접 어디로 가는지 물어볼 수도 있고, 파인드어크루(Findacrew) 등의 웹사이트를 통해 원하는 목적지로 가는 배를 찾아볼 수도 있다.

은 사람이 그가 아니라 정말로 나였을 수도 있다는 생각이 충격적으로 엄습했다. 그리고 카페에서 지갑을 들고 망설였던 일주일 전의 순간으로, 나는 자꾸만 돌아가 후회를 거듭했다. 기억 속 그의 얼굴은 언제나처럼 은은한 미소를 띠고 있었다.

우리가 가오슝의 카페에서 만난 다음 날 아침, 안드레아는 고양이를 돌봐야 한다며 급히 만저우로 돌아갔다. 랄라가 그동안 운영하던 게스트하우스를 잠시 접고 다른 지역에 가 있는 동안, 비어 있던 그 건물에 숨어 살던 고양이가 안드레아의 눈앞에서 새끼 여섯을 낳았다고 했다. 고양이들이 태어나서 처음 본 장면에 등장했던 본인 역시 그들의 엄마인 거라고, 그는 평소와 달리 무척 들뜬 표정으로 말했다. 어느 날 밤 랄라의 오토바이를 빌려 타고—아마 고양이들의 먹이를 구하러—어딘가로 향하던 중, 안드레아는 중앙선을 완전히 침범한 음주운전 트럭에 치여 병원으로 실려갔지만(만저우는 대만 최남단의, 병원과 유난히 먼 지역이다) 결국 숨을 거두고 말았다.

랄라를 포함해 여섯 명의 친구들이 뒤늦게 만저우에 모였다. 새끼 고양이들이 대신 우리를 맞아주었다. 랄라가 미리 연락해둔 멕시코, 스페인, 일본, 인도네시아의 친구들과도 영상으로 만났다. 그 자그마한 온라인 장례식을 통해 우리는 안드레아와 함께했던 각자의 경험을 나누고 그를 추억하면서, 그가 결코 사라진 적이 없음을 느꼈다. 스페인의 한 공동체에서 안드레아와 1년간 함께 살았다는 멕시코 친구들은 그가 집을 떠나며 유언처럼 남겼다는 글을 읽어주었다. 만약 언젠가 본인의 육체가 작동을 멈춘다면 그것은 영혼의 해방이니 부디 슬퍼하지 말라는, 모닥불을 피우고 춤추고 노래하며 각자의 삶을 축복하는 자리를 가졌으면 한다는 내용이었다.

누군가가 죽었을 때 견딜 수 없이 먹먹한 슬픔이 닥쳐오는 건, 무엇보다 내가 아무리 노력해도 그를 다시는 만날 수 없기 때문일 것이다. 꽤나 가깝게 지내던 친구들의 이름과 목소리가 아스라이 사라져가는 요즘은, 그들을 이번 생에서 다시는 만나지 못할 확률이 높다는 사실을 조금씩 인정하게 된다. 세월은 흐르고 내가 잊거나 나를 잊는 사람들은 늘어갈 것이다. 그렇게 우리는 이 세상에서 지워져간다.

우리가 기억하는 한, 아무도 죽지 않은 거라고 랄라가 훌쩍이며 말했다. 그 자리에 모인 우리는 이미, 안드레아를 평생 잊을 수 없는 하나의 공동체가 되었다. 그는 그렇게 우리 모두와의 기억 속에서 상호 작용하며 이 세상에 남아 있다. 나는 또다시 소중했던 누군가를 영원히 잊어버리고, 잃어버리고, 또 다른 소중한 사람을 알게 되고, 살아가며, 죽어갈 것이다.

며칠 후 열 명의 친구들이 화장터에 모여 안드레아의 시신을 마주했다. 핏기가 싹 가신 그의 얼굴을 보고 모두가 놀란 마음에 울음을 터뜨렸지만, 미동도 없이 누워 있는 안드레아의 모습은 사실 그 어느 때보다 평온해 보였다. 남겨진 유언대로 그의 몸을 둘러싸고 사랑과 축복의 노래를 불렀다. 설명할 수 없는 이유로 우리들 중 다른 누구도 아닌 안드레아가 떠났고, 그렇게 남겨진 우리는 계속해서 살아갈 이유를 찾아야 했다.

잠에 든다는 것은 의식이 잠시 육체를 벗어나 여행을 떠나는 일이 아닐까. 다시 돌아올 수 있을 거란 아무런 보장도 없이. 우리는 매일 조금씩 죽음을 경험한다. 잠에서 깨어난다는 것은 기적이며, 영원히 잠드는 것이야말로 궁극의 평화다. 어차피 지나갈 날들, 어차피 잊혀질 시간, 어차피 죽게 될 존재들을 나는 어떻게 대할 것인가? 어차피 떠날 나는, 마지막일지도 모르는 오늘을 어떻게 보내다가 갈 것인가?

유령에 대한 미신은 모두 틀렸다. 고스트 먼스가 아니더라도 배고픈 유령에게 바쳐질 어리고 신선한 영혼은 지금도 수용소에서 충분히 생성되어 도살장으로 향하고 있다. 배고픈 유령들은 이미 다들 배가 터져 죽고 말았을 것이다. 아니, 유령은 존재하지 않는다. 도살장 앞에 가본 사람이라면 알 것이다. 그 안에서 억울하게 죽은 자들이야말로 유령이 되어 마땅한데, 그랬다면 이 세상의 모든 허공이 유령으로 가득 차 아무도 숨 쉬지 못하게 될 것이다. 도살장 앞에 가서 죽음의 냄새를 맡아본 사람이라면 이해할 것이다. 아직 끝나지 않은 학살의 시대에 나의 책임이 분명히 있으며, 그것이 사라지는 순간에야말로 우리 모두가 진정으로 자유로워질 것임을.

학살된 유럽 유대인을 위한 추모공원, 베를린 홀로코스트 메모리얼Memorial to the Murdered Jews of Europe.

현재 우리가 가담하고 있는 대학살을 돌아보며

후회하고 부끄러워할 날은, 반드시 온다.

고병권 『묵묵』, 돌베개 2018.

고병권 『점거, 새로운 거번먼트』, 그린비 2012.

구모진 『악어 노트』, 움직씨 2019.

김규항 『혁명노트』, 알마 2020.

김도현 『당신은 장애를 아는가』, 메이데이 2007.

김도현 『장애학의 도전』, 오월의봄 2019.

노동건강연대, 이현 『2146,529 아무도 기억하지 않는, 노동자의 죽음』,
　　온다프레스 2022.

마크 엥글러, 폴 엥글러 『21세기 시민혁명』, 김병순 옮김, 갈마바람 2018.

박정미 『0원으로 사는 삶』, 들녘 2022.

송효정, 박희정, 유해정, 홍세미, 홍은전 『나를 보라, 있는 그대로』,
　　온다프레스 2018.

수나우라 테일러 『짐을 끄는 짐승들』, 이마즈 유리, 장한길 옮김, 오월의 봄
　　2020.

오드리 로드 『시스터 아웃사이더』, 주해연, 박미선 옮김, 후마니타스 2018.

우춘희 『깻잎 투쟁기』, 교양인 2022.

원혜진 『필리스트: 끝나지 않은 팔레스타인 이야기』, 만만한책방 2021.

이젤딘 아부엘아이시 『그러나 증오하지 않습니다』, 이한중 옮김, 낮은산
　　2013.

조지 오웰, 『위건 부두로 가는 길』, 이한중 옮김, 한겨레출판 2010.

주디스 휴먼, 크리스틴 조이너 『나는, 휴먼』, 김채원, 문영민 옮김, 사계절
　　2022.

찰스 패터슨 『동물 홀로코스트』, 정의길 옮김, 휴(休) 2014.

캐럴 J. 애덤스『육식의 성정치』, 류현 옮김, 이매진 2018.

캐스린 길레스피『1389번 귀 인식표를 단 암소』, 윤승희 옮김, 생각의 길 2019.

크리스토퍼 히친스『자비를 팔다』, 김정환 옮김, 모멘토 2008.

프리모 레비『가라앉은 자와 구조된 자』, 이소영 옮김, 돌베개 2014.

프리모 레비『이것이 인간인가』, 이현경 옮김, 돌베개 2007.

한승태『고기로 태어나서』, 시대의창 2018.

한인정『어딘가에는 싸우는 이주여성이 있다』, 포도밭출판사 2022.

향기, 은영, 섬나리『훔친 돼지만이 살아남았다』, 호밀밭 2021.

현민『감옥의 몽상』, 돌베개 2018.

홍은전『그냥, 사람』, 봄날의책 2020.

홍은전, 홍세미, 이호연, 김정하, 박희정, 강곤『집으로 가는, 길』, 오월의봄 2022.

희정『문제를 문제로 만드는 사람들』, 오월의봄 2022.

Lucas Spiegel, *The Weight of Empathy*, Macroverse Publishing, 2021.

Melanie Joy, *Strategic Action for Animals*, Lantern Publishing & Media, 2008.

Judy Chicago, *Holocaust Project*, Penguin Books, 1993.

Kae Tempest, *On Connection*, Faber & Faber Social, 2020.

Will Tuttle, *The World Peace Diet*, Big Happy Family, LLC, 2009.

2015

Christchurch 〉Akaroa 88km

Akaroa 〉Christchurch 88km

Christchurch 〉Tekapo 227km

Tekapo 〉Mount Cook 83km

Mount Cook 〉Cromwell 180km

Cromwell 〉Queenstown 60km

Te Anau 〉Wanaka 226km

Wanaka 〉Franz Josef Glacier
        286km

Franz Josef Glacier 〉Greymouth
        173km

Greymouth 〉Nelson 286km

Nelson 〉Collingwood 131km

Collingwood 〉Nelson 131km

Nelson 〉Kaikoura 412km

Kaikoura 〉Christchurch 182km

St Petersburg 〉Helsinki 388km

Tallinn 〉Riga 308km

Riga 〉Kaunas 268km

Kaunas 〉Warsaw 402km

Warsaw 〉Berlin 572km

Berlin 〉Hamburg 289km

Hamburg 〉Bremen 126km

Salzburg 〉Villach 194km

Ljubljana 〉Trieste 88km

2016

Zagreb 〉Zadar 285km

Zadar 〉Split 158km

Split 〉Mostar 169km

Mostar 〉Sarajevo 129km

Nyköping 〉Stockholm 103km

Edinburgh 〉Newcastle upon Tyne
        193km

Manchester 〉Oxford 254km

Andorra la Vella 〉La Cortinada
        11km

La Cortinada 〉Encamp 7km

Encamp 〉Montpellier 306km

Montpellier 〉Cannes 301km

Cannes 〉Aix-en-Provence
        151km

Aix-en-Provence 〉Lyon 431km

Lyon 〉Geneva 243km

Geneva 〉Bern 159km

Bern 〉Zürich 124km

Vaduz 〉Munich 281km

Vienna 〉Budapest 243km

Budapest 〉Kraków 395km

Nyköping 〉Stockholm 103km

Lahti 〉Mikkeli 132km

Mikkeli 〉Joensuu 208km

Joensuu 〉Koli National Park
74km

Koli National Park 〉Oulu 348km

Kuusamo 〉Luosto 211km

Luosto 〉Rovaniemi 115km

Rovaniemi 〉Inari 326km

Inari 〉Kautokeino 245km

Kautokeino 〉Tromsø 414km

Tromsø 〉Alta 309km

Alta 〉Hammerfest 139km

Hammerfest 〉Alta 139km

Alta 〉Kautokeino 130km

Kautokeino 〉Narvik 643km

Leknes 〉Oppeid 135km

Bodø 〉Mo I Rana 229km

Mo I Rana 〉Trondheim 477km

Bergen 〉Oslo 463km

Oslo 〉Gothenburg 293km

Gothenburg 〉Malmö 272km

Copenhagen 〉Aarhus 186km

Aarhus 〉Hamburg 341km

Thessaloniki 〉Volos 208km

Chania 〉Rethimno 65km

2017

Chania 〉Heraklion 142km

Knossos 〉Choudetsi 29km

Choudetsi 〉Chania 162km

Larnaca 〉Limassol 70km

Limassol 〉Nicosia 85km

Girne 〉Kaplica 61km

Kaplica 〉Dipkarpaz 63km

Golden Beach 〉Dipkarpaz 26km

Dipkarpaz 〉Golden Beach 26km

Golden Beach 〉Zafer Burnu 10km

Zafer Burnu 〉Golden Beach 10km

Golden Beach 〉Kumyali 56km

Kumyali 〉Famagusta 47km

Famagusta 〉Nicosia 82km

Nicosia 〉Limassol 85km

Limassol 〉Larnaca 90km

Hamra 〉Nablus 25km

Nablus 〉Hamra 25km

Hamra 〉Jericho 50km

Jericho 〉Hamra 50km

Hamra 〉Beit She'an 44km

Beit She'an 〉Hamra 44km

Hamra 〉Tiberias 82km

Tiberias 〉Timrat 42km

Timrat 〉Nazareth 16km

Nazareth 〉Timrat 16km

Timrat 〉Haifa 29km

Haifa 〉Timrat 29km

Timrat 〉Harduf 14km

Harduf 〉Jerusalem 150km

Jerusalem 〉Bethlehem 9km

Bethlehem 〉Jerusalem 9km

Jerusalem 〉Abu Ghosh 14km

Abu Ghosh 〉Jerusalem 14km

Jerusalem 〉Harduf 150km

Harduf 〉Acre 26km

Acre 〉Rosh Hanikra 18km

Rosh Hanikra 〉Safed 54km

Safed 〉Jerusalem 207km

Jerusalem 〉Ein Gedi 88km

Ein Gedi 〉Taba 244km

Taba 〉Shitim 87km

Shitim 〉Orot 218km

Ruhama 〉Arad 67km

Arad 〉Metsoke Dragot 83km

Metsoke Dragot 〉Midreshet Ben-Gurion 155km

Midreshet Ben-Gurion 〉Mitzpe Ramon 34km

Mitzpe Ramon 〉Ruhama 121km

Ruhama 〉Netanya 127km

Netanya 〉Habonim 45km

Habonim 〉Herzliya 65km

Regensburg 〉Vienna 397km

Vienna 〉Winterthur 723km

Winterthur 〉Bern 145km

Bern 〉Geneva 159km

Geneva 〉Grenoble 143km

278

Embrun 〉Montpellier 336km

Montpellier 〉Méze 36km

Méze 〉Lyon 331km

Lyon 〉Paris 466km

Paris 〉Frankfurt 573km

Frankfurt 〉Rudolstadt 286km

Leipzig 〉Berlin 190km

Konstanz 〉Winterthur 47km

Winterthur 〉Konstanz 47km

Ljubljana 〉Snežnik 92km

Snežnik 〉Tramonti di Sotto
196km

Tramonti di Sopra 〉Koper 159km

Koper 〉Ljubljana 106km

Salò (Lake Garda) 〉Salzburg
440km

Salzburg 〉Klagenfurt 228km

Klagenfurt 〉Vienna 325km

Aspang-Markt 〉Graz 110km

Graz 〉Villach 176km

Villach 〉Leipzig 746km

Leipzig 〉Halle 44km

Halle 〉Düsseldorf 445km

Cologne 〉Brussels 221km

Edinburgh 〉Hebden Bridge
354km

Hebden Bridge 〉Preston 60km

Puerto del Rosario 〉El Cotillo
37km

Corralejo 〉El Cotillo 20km

El Cotillo 〉Lajares 8km

Corralejo 〉Lajares 13km

Corralejo 〉Lajares 13km

Puerto de Mogan 〉Las Palmas
78km

Los Cristianos 〉El Puertito 15km

2018

El Puertito 〉Los Cristianos 15km

Alojera 〉Valle Gran Rey 29km

Valle Gran Rey 〉Playa de
Santiago 46km

Playa de Santiago 〉San
Sebastián 38km

El Puertito 〉San José de los

Llanos 34km

Ruigómez 〉 Icod de los Vinos
14km

Roskilde 〉 Hamburg 314km

Hamburg 〉 Düsseldorf 403km

Mitzpe Ramon 〉 Jerusalem 194km

Beit Nir 〉 Burgata 107km

Burgata 〉 Jerusalem 98km

Jerusalem 〉 Be'er Sheva 123km

Be'er Sheva 〉 Tel Aviv 108km

Tel Aviv 〉 Burgata 51km

Burgata 〉 Ein Hod 66km

Ein Hod 〉 Harduf 45km

Harduf 〉 Jerusalem 155km

Jerusalem 〉 Tel Aviv 72km

Poznan 〉 Halle 407km

Halle 〉 Harztor 108km

Harztor 〉 Hamburg 287km

Hamburg 〉 Roskilde 443km

Fernie 〉 Jaffray 51km

Jaffray 〉 Fernie 51km

Fernie 〉 Kaslo 324km

Kaslo 〉 Fernie 324km

Fernie 〉 Calgary 297km

Calgary 〉 Fernie 297km

Fernie 〉 Jaffray 51km

Jaffray 〉 Kaslo 274km

Kaslo 〉 New Denver 56km

New Denver 〉 Kaslo 56km

Kaslo 〉 Nelson 70km

Nelson 〉 Riondel 54km

Riondel 〉 Winlaw 102km

Winlaw 〉 Osoyoos 266km

Osoyoos 〉 Keremeos 48km

Keremeos 〉 Hedley 29km

Hedley 〉 Chilliwack 222km

Chilliwack 〉 Vancouver 102km

Vancouver 〉 Ganges 75km

Ganges 〉 Duncan 28km

Duncan 〉 Victoria 61km

Victoria 〉 Quathiaski Cove 272km

Quathiaski Cove 〉 Victoria 272km

Ganges 〉 Tofino 264km

Tofino 〉 Long Beach 17km

Tofino 〉 Port Alberni 126km

Port Alberni 〉 Victoria 195km

Anacortes 〉Freeland 77km

Freeland 〉Seattle 62km

Eugene 〉Coos Bay 175km

Coos Bay 〉Bandon 39km

Bandon 〉Eureka 307km

Meadow 〉Zion National Park
254km

Zion National Park 〉Lake Powell
164km

Lake Powell 〉Gran Canyon
Village 219km

Gran Canyon Village 〉Las Vegas
449km

2019

St Petersburg 〉Helsinki 388km

Sammatti 〉Turku 99km

Skopje 〉Sofia 245km

Kuklen 〉Sofia 159km

Sofia 〉Belgrade 395km

Belgrade 〉Zagreb 393km

Ljubljana 〉Murska Sobota 182km

Murska Sobota 〉Vienna 218km

Vienna 〉Linz 185km

Salzburg 〉Munich 145km

Hualien 〉Taipei 155km

Hualien 〉Manzhou 295km

Manzhou 〉Kaohsiung 114km

Pingtung 〉Hualien 320km

2020

Hualien 〉Chishang 117km

Chishang 〉Hualien 117km

Chiang Dao 〉Chiang Mai 71km

Hualien 〉Taichung 211km

Taichung 〉Chiayi 99km

Kaohsiung 〉Gangzi 131km

Gangzi 〉Kaohsiung 114km

Kaohsiung 〉Tainan 50km

Hualien 〉Dulan 148km

Dulan 〉Fugang 13km

Kaiyuan 〉Langtao 7km

Yeyou 〉Langtao 8km

Langtao 〉Tungching 8km

Tungching 〉Langtao 8km

Langtao 〉Hungtou 14km

Hungtou 〉Tungching 14km

Tungching 〉Yeyou 14km

Yeyou 〉Hungtou 8km

Hungtou 〉Tungching 7km

Tungching 〉Yeyin 3km

Yeyin 〉Tungching 3km

Tungching 〉Yeyou 14km

Hengchun 〉Kaohsiung 108km

Taichung 〉Taipei 171km

Kaohsiung 〉Dounan 136km

Taipei 〉Taichung 171km

Taichung 〉Kaohsiung 199km

Kaohsiung 〉Hengchun 108km

Hengchun 〉Gangzi 33km

Gangzi 〉Kaohsiung 131km

Kaohsiung 〉Fangliao 50km

Fangliao 〉Taitung 114km

Taitung 〉Hualien 172km

Hualien 〉Dulan 148km

Dulan 〉Taitung 25km

Taitung 〉Kaohsiung 184km

Tainan 〉Gongliao 357km

Hualien 〉Jhihben 181km

Jhihben 〉Hualien 181km

Taipei 〉Nanzhuang 109km

Nanzhuang 〉Taipei 109km

Taichung 〉Chiayi 87km

Taoyuan 〉Tainan 287km

Taichung 〉Chiayi 87km

Kaohsiung 〉Tainan 50km

2021

Kaohsiung 〉Taitung 163km

Taitung 〉Hualien 172km

Chiayi 〉Douliu 35km

Douliu 〉Taipei 228km

Taipai 〉Taoyuan 45km

Total 44,048km

사회적응 거부선언
학살의 시대를 사는 법
이하루 지음

글, 사진 ⓒ 이하루 2023

초판 1쇄 발행. 2023년 6월 23일
초판 2쇄 발행. 2023년 9월 22일

ISBN 979-11-979126-3-4 02810

온다프레스
24756, 강원도 고성군 토성면 아야진길 50-3
전화. 070-4067-8645
팩스. 050-7331-2145
이메일. onda.ayajin@gmail.com
인스타그램. @onda_press

* 이 책의 장 제목 중 일부는 기존의 책들에서 인용한 구절임을 밝힙니다. 3장 제목 '어떤 길들은 다른 길들보다 더'는 레이먼드 카버 『우리 모두』, 고영범 옮김, 문학동네 2022, 4부의 시 「스위스에서」의 한 구절입니다. 4장 제목 '물에 던져진 돌은 추위를 두려워하지 않고'는 오드리 로드 『블랙 유니콘』, 송섬별 옮김, 움직씨 2020, I부의 시 「물에 던져진 돌은 추위를 두려워하지 않고」의 제목을 빌렸습니다.